U0919068

THE ROAD TO SCIENCE FICTION

科幻之路

1

异世界之旅

[美国] 詹姆斯·冈恩 编著
James Gunn

东方木 等 译

译林出版社

图书在版编目（CIP）数据

异世界之旅 /（美）詹姆斯·冈恩（James Gunn）编著 ; 东方木等译. -- 南京 : 译林出版社, 2025. 1. (科幻之路). -- ISBN 978-7-5753-0415-3

I. I14

中国国家版本馆CIP数据核字第20249WX859号

The Road to Science Fiction

著作权合同登记号　图字：10-2023-21 号

异世界之旅　[美国] 詹姆斯·冈恩 / 编著　东方木 等 / 译

策　　划　姬少亭　李兆欣
统　　筹　陆志宙
责任编辑　吴荀东
翻译监制　东方木
装帧设计　孙逸桐
责任校对　王　敏
责任印制　闻媛媛

出版发行　译林出版社
地　　址　南京市湖南路 1 号 A 楼
邮　　箱　yilin@yilin.com
网　　址　www.yilin.com
市场热线　025-86633278
排　　版　南京展望文化发展有限公司
印　　刷　江苏凤凰通达印刷有限公司
开　　本　880 毫米 × 1240 毫米 1/32
印　　张　6.5
插　　页　1
版　　次　2025 年 1 月第 1 版
印　　次　2025 年 1 月第 1 次印刷
书　　号　ISBN 978-7-5753-0415-3
定　　价　59.00 元

目录

月球首航

萨摩萨塔的琉善[1]（Lucian of Samosata）所著的长篇小说《一个真实的故事》（*A True Story*）具有足够的科幻特质，是第一篇可以收入本选集的作品。

罗马的兴盛结束了战乱纷纷的希腊城邦时代。罗马征服了世界，带来了和平、富足、效率和技术，人们开始关心世间万物的价值，也开始有时间用来思考。

爱德华·吉本[2]用如下陈述作为《罗马帝国衰亡史》的开篇：

> 公元2世纪，罗马帝国占据世上最美丽的土地，拥有世间最开化的人民。久负盛誉、军纪严明的勇士们守护着这个雄伟帝国的边境。法规和习俗的影响温和但有力，逐步把各个省份统一为一个联邦。安居乐业的居民们享受着、挥霍着富足和奢华的生活带来的优势。

1. 古罗马作家，作品以希腊语写成，擅长创作讽刺作品。
2. 英国作家、历史学家，欧洲启蒙时代历史学研究领域的代表人物。

在罗马帝国的统治下，人们有机会发家致富、成就事业，并看到自己的子女同样事业有成。人们安享着西方历史中最长久的和平。每座大城市都有大学，许多市民去课堂听课，或者听街头演说家们的演讲。

就在这个时期，琉善出生在萨摩萨塔，那是一座位于帝国边陲的小镇，坐落于叙利亚的幼发拉底河河畔。他出身寒微，曾当过石匠学徒，但后来远赴爱奥尼亚[1]学习希腊语，并沉醉于希腊文学，掌握了高超的演说术。后来他成了一名律师，但很快就在希腊、意大利和高卢[2]游历讲学，并在高卢被政府聘为教授。随后他定居雅典，成了一名讽刺作家，之后又重返讲坛。他在晚年接受了帝国皇帝康茂德[3]的任命，在埃及担任政府公职，薪酬颇丰。

琉善创作了两篇关于月球之旅的讽刺小说。他在第一篇《伊卡罗墨尼波斯》中写到了一位决心要证明地球是球形的哲学家，他用一只秃鹫的翅膀和一只老鹰的翅膀飞向月球。琉善更为伟大的作品是《一个真实的故事》。这篇小说著于公元 165 年至公元 175 年间，此时正是琉善创作的巅峰期，后人将这篇小说归为荒诞类型的作品。这篇小说讽刺了荷马的作品，还在几处对荷马的作品做了夸张的演绎（比《奥德赛》更胜一筹，不是仅环绕地中海的航行，而是飞往月球的旅程）。小说还讽刺并滑稽地模仿了其他作家的作品，包括希罗多德、色诺芬、修昔底德，以及一些著作已经散佚的作家，比如亚姆布鲁斯[4]。

琉善的帆船不是宇宙飞船，他笔下的冒险家也并不想去月球。

1. 古希腊人对小亚细亚半岛西南岸地区的称呼，位于现在的土耳其。
2. 罗马人对欧洲西部的统称。
3. 罗马帝国安敦尼王朝的最后一任皇帝，180—192 年在位。
4. 古希腊作家，生卒年不详，完整作品均已散佚，只在希腊历史学家西西里的迪奥多罗斯的作品中有少量引用片段传世。

琉善的创作目的不是将这样一场旅行写得真实可信，也不是要推测如果人们真的可以实现这样的旅程的话，会发现什么。他是在创作讽刺小说。然而帆船和爱伦·坡的气球[1]或者凡尔纳的炮弹[2]没有多大的区别，这篇小说被人传颂的原因更可能是因为其中的冒险经历和创新性。

《一个真实的故事》启发了后世诸多作家，包括约翰内斯·开普勒（Johannes Kepler）、弗朗西斯·戈德温[3]（Francis Godwin）、西拉诺·德·贝尔热拉克（Cyrano de Bergerac）、乔纳森·斯威夫特（Jonathan Swift）、伏尔泰（Voltaire）和坡。

（赵佳铭　译）

---

1. 爱伦·坡所著短篇小说《汉斯·普法尔历险记》（“The Unparalled Adventure of One Hans Pfaall”，1835）中有地球人乘坐气球前往月球的情节。
2. 凡尔纳作品《从地球到月球》（1865）中有地球人坐在炮弹之中前往月球的情节。
3. 英国主教、历史学家。著有《月中人》（*The Man in the Moone*，1638），这是现存最早以英文书写的月球旅行故事。

一个真实的故事[1]（节选）

［古罗马］萨摩萨塔的琉善

竞技的人和注意于他们身体的人，并不单考虑那健康与操练，但是还有适当的休息，其实他们还是以为这是训练的主要部分。同样的在弄学问的人，我想在热心用功之后，应当休息，以备其后更有力的去做艰苦的工作。

这样的休息将最是愉快，假如他们去拿这么样的一种读物，这不单是靠了文句的巧妙与轻松觉得可以消遣，但是也要有文化的人士感觉有意义，我想有如本编里所讲的，可以满足他们的意思。他们将不单是因为这里题材的奇怪，叙述的轻松的关系，或是我讲那种种诳话，说的像煞有介事的似乎很真实，所以觉得好玩，却是因为我这故事里所说的各种事情，全是那些古代的诗人，历史家以及哲学家，写过那些奇迹和异事，我来一一的仿造，里边不是没有一点的讽刺。我本来想要写出他们的姓名来，要不是想到你们读下去的时候会得自己知道的。

一个是克忒西阿斯［1］，克忒西俄斯的儿子，克尼狄俄斯人，他

1. 本篇正文与文后注均出自周作人，除明显讹误外，其余文字尽量不做修改，保留时代特色与创作原貌。

写了好些关于印度的各地方和他们的事情，都是自己没有看到也不曾听人说过的。还有伊安部罗斯[2]，也写了许多关于那在大海之中的地方的异闻，大家都知道所讲的是些诳话，但是说来却也不是没有趣味。许多别的人也用了同样的意思，来写他们的漫游谈和旅行记，讲些巨大的野兽，野蛮人以及奇异的生活。他们的先辈和讲这种帮闲的趣话的教师，乃是荷马的俄底修斯[3]，他给阿尔喀诺俄斯宫廷里的人讲那服役的风，一只眼睛的吃人的野人们，以及有许多头的生物，和他的伴当们被法术变形的事情。他用了这种还有别的许多材料，给那简单的淮阿喀亚人消遣。

我读着他们这些人的著作，倒并不怎么批评他们，说他们是说诳，因为我看见这个似乎已经成为一个习惯，就是那自称是搞哲学的[4]也是如此。但是我却觉得奇怪，他们以为说了假话，可以不会叫人识破。为此我也因了我的虚荣心，热心想留下什么东西给我们的后人，那么我不至于是唯一没有造神话的自由的人，只是我没有什么真事可说，因为我的经历是没甚值得记录的，所以我只好回过来说诳。但是我的说诳却比他们更为老实，因为我在里边至少是说了一句真话，这便是我在说诳。我想我可以避免人家的谴责，因了我自己承认所说的没有一句真话。所以我这所写的是关于那些事情，我不曾见到，也不曾遇着过，或是从别人听来的，那些事情实在是全不存在，也是事实上所不可能有的。所以凡是读到这故事的人，请万不可以相信它们。

有一个时候，我们从“赫剌克勒斯的双柱”[5]出发，趁着顺风向西方的大洋进行，开始做旅行去了。我这旅行的目的与计划乃是由于我的好奇心，想接触新奇的事物，要知道那大洋的终极，和在对面住着什么样的人。为了这个缘故，我积存了许多食粮，装上足够的水，召集了五十个和我的年纪与性情思想相似的青年，又预备了许多兵器，用巨大的工资募得了最好的舵工，就把那船——这是一只大渔船——准备好，作那长期也很困难的航行了。

我们开始航海，趁着顺风走了一昼夜，还没有走得很远，因为那陆地还是隐约可以看得见，但是在第二天太阳才出来的时候，风势增加，波浪很大，天色也变成阴暗了，我们还没有来得及收下船帆。所以我们只好把自己托付给了风暴，任凭它漂泊了七十九天。到得第八十天，太阳忽然升上来了，我们看见在不很远的地方有一个岛，高而多树，周围仍是响着波浪的声音，可是并不很厉害，因为那时候暴风已经减退不少了。我们将船靠岸，登了陆，因了长期的受苦的缘故所以在地上躺了许多时间，随后却终于起来了，叫三十个人留下来看守船只，二十个人同我进内地去，察看岛上的情形。

我们从海边走去，通过树林才有三斯塔狄翁[6]的远近，看见一个青铜做的柱子，上边刻着希腊文字，但是不很清楚，有点磨灭了，说道：

“赫剌克勒斯与狄俄倪索斯[7]到此。”那里有两个脚印，在近地岩石上边，一个有一百尺长[8]，一个略为小一点。——据我想来，这较小的属于狄俄倪索斯，那一个则是赫剌克勒斯的。我们礼拜了，再往前走，但走得不很远，就来到一条河边，流着蒲桃酒，这简直同咯俄斯[9]的酒是一样的。河流很大而且多，所以有些地方简直可以行船。我们看到狄俄倪索斯到过此地的证据，就更加相信那柱子上刻着的话了。我便决意去寻找那河水起源的地方，沿着河流上去。但是我找不着它的源泉，只见有许多棵大的蒲桃藤，满生着蒲桃，在每棵的根旁边流出一股泉水，这乃是透明的酒，从那里就变成那条河。河里有许多鱼可以看见，颜色非常像那酒，味道也是一样。实在是我们捕了些鱼，拿来吃了，却都弄得泥醉了，在我们把它剖开来的时候，只看见里面满是酒糟。随后我们想了一个法子，便是把它们和别的淡水里的鱼混和了来吃，这样子将那酒味缓和一下。

后来在一处可以徒涉的地方走过了那条河，却发见了一种奇怪的蒲桃藤。那地上的一部分，是粗壮长得很好的树干，但那上部全是女人，从腰以上完全一样。她们正像我们画的达佛涅[10]，正要变成一棵树的样子，在阿波隆刚要抓住她的时候。从她们的手指尖里长出枝杈来，满生着蒲桃，而且她们头上长着头发，都是些卷须，叶子和果实！我们走近前去的时候，她们招呼和用右手欢迎我们，有些说吕狄亚话，有些说印度话，但多数说的是希腊话。她们还同我们在嘴上亲吻[11]，被亲的人立即要蹒跚醉倒了。但是她们却不许我们摘她的果子，在被摘的时候似乎因疼痛而叫唤起来，她们有的希望同我们交合，有我的两个伴当接近了她们，但是他们再也不能离开了，因为在那私处[12]地方被关锁住了。他们就长在一起，生了根了。枝叶已经在手指上长出来，卷须也围绕着他们，不久就要同别的一样将结果实了。

我们离开了他们，逃往船上，到了那里之后便把一切的事情，告诉了留守的人们，连同与那蒲桃藤搞在一起的同伴的事。随后拿了几只水缸，给我们汲取淡水，还同时从河水取了酒来，那天就在近地海边过了夜，等到早晨趁着微风便出发了。到了中午时光，已经看不见岛影了，忽然起了大旋风，把船卷起在空中，大约有三百斯塔狄翁[13]高，不再落到海面上来，可是悬挂在半空中间，有风吹在它的帆上，它便饱张着往前行驶。我们在空中走了七天七夜，第八天我们看见在那里有一大片土地，像是一个岛，明亮而且是圆形的，有极大的一个光明照着。我们驶上去，放下了锚，上得岸来检视一番，却发见这里是有人住，经过耕种的。在白天里那里是什么都看不见，但是等到夜里到来，我们却见近处有许多的岛，有的稍大，有的略小，它们的颜色都像是火光。我们又看见在下面有别的国土，上边有些城市，河川海洋，树林以及山岳。这个我们猜想便是我们所居住的世界。

我们正想还要前进的时候，但是遇着他们所谓大鹫骑兵队，我们就被逮捕了。那是人骑在大鹫上，将鸟当作马用。那些鹫都很大，并且大抵有三个头。那鸟的大，你可以想象得来，即是它那翅膀上的每根羽毛都比普通大货船的桅杆还要长大粗壮。那些大鹫骑兵队受命在那地方飞行巡视，发见有什么生客，便带了去见国王，因此他们逮捕了我们，带到他的面前来。他看见我们，从我们的服装便猜想到了，他说道：

“客人们，你们是希腊人吧？”我们答说是的，他又说道：

“那么，你们是怎么来的，要走过这许多空路？”我们把一切告诉了他，他也开始将他自己的事情对我们说了，说他原来也是人，名叫恩底弥翁[14]，在我们的地上睡着的时候被抢走了，来到这里做着国王。他说他这国土就是那照着我们的月亮。他叫我们放心，不必怀疑有什么危险，因为我们可以得到凡是所需要的东西。他并且说：

“假如我这回同那太阳住民的打仗得胜了，你们将与我们一起过着最幸福的生活。”我们问敌人是谁，以及冲突的原因是什么。他说道：

“法厄同[15]，是太阳住人的王，——因为那里也有居民，正同月亮一样，——很久以前就同我们打仗。这事是这样起头的。从前有一回，我召集了我们国内顶穷苦的人民，想送往启明星去移住，那地方原是虚空，没有人居住的。但是法厄同心怀妒忌，阻止这次移殖，率领他的蚂蚁骑兵队，在中途碰到了。那时我们被打败了，因为那时我们的力量敌不过他们，所以只好撤退了。现在我想从新开始作战，派遣这拓殖团前去。你若是愿意，可以同去出征，我将给你们每人一只御军的大鹫以及别的那些军装。我们将于明天出发了。”我答说：

“既然你觉得这么好，那么就这样办吧。”

那一天的夜里，我们就停留下来受国王的招待，但是到了天亮我们起来，就排了队伍，因为斥候兵举起信号来，说敌人已经近来了。我们军队的数目是十万人，除了那些从卒，工兵，步兵以及外国的同盟军，在这总数里有八万是大鹫骑兵队，二万是菜叶羽毛队。菜叶羽毛乃是一种很大的鸟，身上的羽毛全都是蓬松的菜叶，它的翅膀很像是那萵苣叶子。在它们旁边，排列着小米掷弹兵和大蒜战士的部队。此外国王也有同盟军从大熊星到来，是三万名的跳蚤弓兵和五万名的乘风队。这跳蚤弓兵是骑在大的跳蚤上，因此得名，跳蚤的大小有十二头象那么大。乘风队虽是步兵，可是在空中飞行，却并没有翅膀。他们前进的方法是这样的，穿着拖到脚边的长袍，束上带子，让风吹了鼓起来，像风帆一样，便帆船似的带了他们前进。在战争上他们是多当作轻装步兵用的。据说从那在卡帕多喀亚地方上面的星里也将派兵来，有七万名麻雀皂斗队[16]，和五千名鹤骑兵队。但是那些我都没有看见，因为他们不曾来到，所以关于他们的特征我也不敢来描写，那些他们的故事都是说得很奇怪，不能相信的。

这些便是恩底弥翁的兵力。他们都有同样的装备，蚕豆做的盔，他们的蚕豆大而坚软，羽扇豆[17]的鱼鳞状的胸甲，这乃是缝合羽扇豆的皮而做成的，在那里的羽扇豆皮是坚不可破的，有如明角一样。盾和剑都是与希腊的同样。

时候到来了，军队是这样排列。在右侧是大鹫骑兵团和那国王，以及在他身边的最勇敢的人们，我们也便在这里边，左边是菜叶鸟兵团，中央是那些同盟军，列成各自的阵势。步兵约有六千万名，排列如下所记。在那地方蜘蛛是多而且大，它们都要比那圆形列岛[18]的每一个岛更是巨大。它们受命在月亮与启明星之间的空中去结网，这个就完成了，成为一个平原，于是就这上面列上步兵。率领他们的是小夜鸟儿，好天气主的儿子，以及别的两个人。

至于敌人的方面，左边是蚂蚁骑兵队，同他们一起的是法厄同。那些是有翅膀的大动物，和我们的蚂蚁正是相像，除了个子的大小，那些大的有两亩[19]长。不单是骑在上边的人打仗，它们也会打，特别是用了它们的触角。据说他们共有五万名。在右边是天蚊队，也是五万名，全是弓箭手，骑在大蚊子上头。旁边是天蹦跳队，是一种轻装的步兵，可是也同其余的一样善战，因为他们很远的抛掷一种极大的辣萝卜，被打着的人没有多少工夫能支持，就得死亡，伤口变得臭烂了。据说他们的家伙是用了锦葵的毒汁[20]擦过的。在他们的近旁，排列着干蕈队，是接近战用的重装步兵[21]，总数是一万名。他们被叫做茎蕈队，因为他们用香蕈做盾，用龙须菜的茎做长枪用。在他们近旁的是狗子皂斗队，是从天狗星的住民那里派来帮他的，五千名的狗脸人[22]骑在有翅膀的皂斗上战斗。听说在那边也有迟到的同盟军，那便是从银河调来的掷弹兵，和那云中马[23]。那马人是总算到了，正在战事已要结束的时候，（这如是不来是多么好呢，）但是那掷弹兵却是不见到来。为此据说法厄同对于他们大为生气，把火烧了那地方。

法厄同排列这样的军列前来。到得两军接触，旗帜高举，两边的驴子都吼叫起来，——因为他们都把驴子当作吹号手，——就开始交战了。太阳人的左翼立即逃走了，还不曾和大鹫骑兵团交手，我们就追杀了一阵。但是他们的右翼却对于我们的左翼占了胜利，那天蚊队冲上前来，一直到了步兵前面。随后步兵增援来救，他们却就溃走了，特别是见了他们在左边的部队已经败了的缘故吧。这是一个辉煌的胜利，许多人都被生擒，也有许多人被杀死了，有那么多的血流在云上面，所以它们也都染了，变成红色，很像是我们在日没的时候所看见一般，也有些滴到地面上去，我猜想是不是从前在上头曾经有过这样的事情，所以荷马以为是宙斯落下一阵血雨，为了萨耳珀冬[24]死亡的缘故。

我们追了一阵之后随即回去，建立了两个纪功碑[25]，一个在蛛网上纪念那步兵战役，一个是为那空中之战，建在云的上边。我们正在做这事的时候，斥候兵报告说那云中马人到来了，他们来帮助法厄同，本来应该在交战之前来的。他们已经快到前面了，看上去样子非常奇怪，是有翅膀的马和人在一起的混合物。那人的大小是同罗多斯的巨像[26]从腰以上这样大，马就正同大的货船一样。他们的人数我却没有记下，因为是那么的多，有人会以为是不可信的。带领他们的人是黄道十二宫的那射手[27]。他们看见了友军败退了的时候，便送信给法厄同叫他再次前进，他们自己却以齐整的队伍向那凌乱的月亮军进攻，这边却是忙于追赶抢夺，散乱不整了。因此大家都溃走了，他们紧追国王直到他的城下，把他的鸟队伍杀死了不少。他们把我们的纪功碑都毁掉了，又毁灭了那蜘蛛所织的全个平原，捉去我和两个伴当做俘虏。在这时候法厄同也到来了，他们另外建立了那边的纪功碑。

至于我们就在那一天里被带到太阳国去了，我们的两手被用了蛛网的碎片反绑着。他们决定不来围攻国都，只在回去的时候，在空中造了一堵墙，使得太阳的光线不能再到月亮上来。这墙是双重的，用云所做成，所以那就成了一个真正的月蚀，月亮完全被包在永远的夜里了。恩底弥翁因此被逼，差人去请求毁除那建筑物，不要让他们在黑暗中过这一生。他答应给予贡品，结为同盟，不再打仗，并且愿意遣送人质作为这一切的担保。法厄同和周围的人开了两次会议，在第一天没有减少一点他们的怒气，但到了第二天他们改变了意思，于是和约就这样的结成了。

“太阳国及其同盟军与月亮国及其同盟军成立和议，根据下列条款：

——太阳国毁去隔墙，不复进攻月亮，彼此交还战俘，各自按照一定的偿金。

——月亮国允许各星星自治，并不和太阳国作战。

——两国互相帮助，如或有被攻击的事。

——月亮国王每年给予太阳国王贡品，为露水一万缸，并其人民十万人作为人质。

——启明星上的移殖作为公共的，凡有愿意的人悉可参加。

——条约刻在一个琥珀[28]柱子上，立在空中交界的地方。

立誓者太阳国方面代表：火花，夏热，火焰氏。

月亮国方面代表：夜游人，月氏，大光明。”

和议告成了，那墙就立即拆除，我们俘虏也都送还了。在来到月亮的时候，我们遇到恩底弥翁和同伴，接受他们流着眼泪的欢迎。他要我停留下来，和他经营那殖民事业，答应把他自己的儿子嫁给我——因为在他们那里是没有女人的。但是我无论如何不肯应允，只是请求他把我们放下海里去。后来他看出不能够说服我，他留我们宴飨七天之后再打发我们走路。

我在这中间住在月亮的时候，看见了许多新奇的事情，我想来说一说。第一件是他们并不是女人所产生，乃是出自男子的，他们和男子结婚，并且连女人这名字也没有听见过呢！在二十五岁以前，各人都嫁给人，自此以后这是他婚娶了。他们怀孕不是在腹内而是在腿肚子里边。妊娠开始的时候，小腿就肿胀了。随后时期已到，他们把腿割开，取出那小孩来，却是死了的，张开了口放在风中，随即活了过来。我想这腿肚子的名称大约就是从那边来到希腊的，因为在他们那里这是那腿替代了肚子怀孕的[29]。但是我要告诉你别的事情，那更为奇怪。在他们中间有一处叫作果树人的，是用这种方法生下来的。将一个人右边的睾丸摘了出来，种在地上面，从这里便长出一棵很大的树，乃是皮肉生成的，正同男根一样，它有枝叶，果实是一种皂斗，有一肘[30]那么大小。果子熟了的时候，他们采集了，那里便剖出人来。另外他们有那假造的男根，有用象牙做的，有时候在穷人们则用木头，他们用了这些来和他们的配偶交接。

他们年老的时候，并不就死了，但是消散成烟一样，变成了空气。他们都吃同一的食物：他们生起火来，在炭火上边烤上许多的蛙，那里有很多的蛙，在空中飞着。一面把蛙烤着，他们都围着坐了，如同围绕着食桌一样，便嗅那升上来的烟气，各自饱吃一顿。这是他们所吃的食物，至于他们的饮料乃是空气，这在一只杯子内压缩起来，便成了一种像露水的液体。他们没有排泄的方便，却是与我们不同，没有什么孔窍，便是在幼小的时候后边也不可能供交接[31]，但这只是在腿肚子上边膝盖的底下，那地方是开口的。

在他们那里，凡是秃顶没有头发的人算是顶美，他们便很讨厌那有长头发的人。但是在彗星上却正是相反，他们则说有长头发的是美丽[32]，有些那边的人来到月亮里的，把这些事情告诉了我们。他们还在膝盖上边一点的地方，长着些胡子，他们没有脚指甲，并且全只脚只是一个大拇指。在各人的臂后都长着一个很长的甘蓝叶，像是一根尾巴，这永远是鲜绿的，而且就是他仰跌了也不会折断。

他们鼻子里流着一种有非常辛辣气味的蜜，在劳作或运动的时候，遍身出牛奶似的汗，所以这的确是可以制成干酪，只要里边滴下一点蜜去。他们从洋葱头制油，这很是浓厚而且气味甚好，有如没药一般。那里有许多含水的蒲桃，它的核有如雹子这样，所以我想在我们那里下雹子，当是由于风吹动这里的蒲桃藤，使得蒲桃都掉下来了。他们用那肚子当作口袋，安放应用的东西，因为这是可以打开又可以关闭的。那里边不见内脏什么东西，只是毛茸茸的生着一层毛，所以婴孩们在天冷的时候，便爬到那里边去。

富人们的衣服是用柔软的玻璃做的，穷人的则是纺织成的青铜，因为在那地方青铜很多，那工人们用水浸湿了，同羊毛一样的做法。关于他们的眼睛是怎么样的，我实在有点不敢说，因为你们有人要说我是说诳，故事是那么的不可信，但是我还是告诉你吧。他们所有的眼睛是可以移动的，在他们愿意的时候，就把它拿出，收了起来，等到什么时候他要看了，随后放进去就可以看[33]。有许多人失掉了自己的眼睛，就只可借用别人的来看，那些富人们也有积蓄着好些的。他们的耳朵乃是阔叶树的叶子，除了那些从皂斗里生下来的，他们乃是木头的耳朵。

在王宫里头我又看到一件奇异的东西，这是一面大的镜子，装在不很深的一口井上面。假如有一个人走下井去，就可听到地上在我们周围所说的事，或是他看镜里，可以看见各个都市，各个国家，正如他亲自站在那里一样。我去看了，见了我的家庭和整个故乡，但是至于他们看见我没有，我这就不能确说了。谁要是不相信这是如此的，假如他到了那里，就会知道我是说的真话了。

随后我们和国王与他近旁的人们告别，上了船就出发了。恩底弥翁还送给我礼物，有玻璃长袍两件，青铜的五件，羽扇豆的甲胄一套，但是这些我都留下在鲸鱼肚里了。他又差了一千个大鹫骑兵团护送我们，到五百斯塔狄翁远。

我们驶过了许多国家，在启明星进了港，那正是移殖中间，我们上陆去取了水。上船向黄道进发，左边对着太阳，紧靠着海岸驶去。我们没有上岸去，虽然有许多伴当极想上去，可是风向不许可这样做。但是我们看去那地方很是繁茂，肥沃，雨水充足，充满着许多物资。云中马人队这时被佣雇给法厄同服役，见了我们就飞向船里来了，但是他们随即回去，知道我们是在那和约之内的。

这时候大鹫骑兵团早已离开我们了。在第二天航行了一夜又一日，我们在傍晚时分到了灯火市，这时已在下向航行的途中了。那个城市位置在空中，正在昴星与雨星的中间，虽然比黄带要低许多。我们上陆之后，却找不到什么人，只看见有许多灯火走来走去的，和在市场及海港那里逛荡。有些很小，这就说是穷人吧，少数的却是大而有力，那便很是光明而且著目了。各个都有他们的家屋即是烛台，他们也有名字和人一样，我们又听见他们会发出声音说话。他们对于我们一点不加什么危害，却还叫到他们家里去做客。可是我们总有点害怕，没有一个人敢吃东西或是睡觉的。他们在城市中间有一所市政厅，那里长官整夜的坐着，点呼各人的名字。谁有不到的就以擅离职守论，判处死刑。这里死刑就是将灯熄灭了。我们也到那里看事件的进行，听那些灯火的辩解，说为什么迟到的缘故。我在那里认得我自己的灯火，我对他说话，问家里什么样子，他把这些都对我说了。那天夜里我们就住下了，但在第二天我们出发继续航行。这时候我们已经行近云层了。在那里我们看见了云中鹁鸪市[34]，这很令我惊异，但是没有上岸去，因为风不允许（我们停泊）。那里的王可是听说是弯嘴鸟，是黑鸟氏的儿子。我就想起那诗人阿里斯托法涅斯来，他是一个聪明而诚实的人，可是人家不相信他所写的东西，其实是徒然的事。在从那一天起的第三天里，大洋已经清楚地可以看见了，但是还不见陆地，只有那空中的各国，它们都显得火似的，特别明亮。到第四天的中午时候，风力渐转微弱，随即停息，我们落到海面上了……

（周作人　译）

注释

［1］克忒西阿斯（Ktêsias）公元前四世纪时人，在波斯国王处做侍医，曾著有书讲印度的事情，多极奇异，今原书已不存在，只有在别人书中所引的碎片罢了。

［2］伊安部罗斯（Iambulos）为古代史家，所著今已不传，但一世纪时狄俄多洛斯（Diodôros）所编《历史综览》第二卷中，有与本文第二节所记航海情形相同者，云是根据伊安部罗斯。

［3］荷马的《俄底塞亚》记述俄底修斯的漂流，他漂到淮阿喀亚海岸，为居民所救，他见到国王阿尔喀诺俄斯，给他们讲他自己所经历的奇怪的事情。他遇见埃俄罗斯（Aiolos），给他一只口袋，把逆风都关在里面，只留顺风好送他回去，后来口袋被别的伴当偷偷打开，以为里边是什么好东西，风就一拥而出，把船吹走了。他又遇见圆目巨人，是一种一只眼睛的吃人的野人，又曾见到女神喀耳刻（Kirkê），用法术把他的几个伴当变成了猪。那有许多头的生物当是指斯库拉（Skylla），它本是女人，为海神所爱，但是因了海的女神的妒忌，使她变成怪物，吠声如狗，有六个头十二只脚，颈子很长，蹲在海边，看见有船只经过，便伸首出去，一下子叼去了六个人。

［4］“搞哲学的”是在讽刺柏拉图，因为他在他的《理想国》里边，大谈他的理想计划。

［5］“赫剌克勒斯的双柱”（Heraklus Stêlai）是在西班牙直布罗陀海峡的两旁的山，一名阿皮拉，一名卡尔珀，希腊人极西的探险就至此为止了，过此以往乃是异境，中多怪兽奇人，传说所谓福人岛即在这个地方。

［6］斯塔狄翁（Stadion）是古希腊计算距离的单位，等于中国的六百尺。

［7］狄俄倪索斯（Dionysos）为希腊的酒神，曾巡行各地推广他的教义，因酒可以解忧，亦可以进于“入神”（entheos）的状态，即是与神合而为一也。

［8］此系讽刺赫罗多德的话，《史记》卷四中说，在斯库提亚的一处岩石上面，留有赫剌克勒斯的脚印，样式悉与常人不异，但长有两肘，即是三尺半左右。

［9］喀俄斯（Khios）为靠近小亚细亚的一个大岛，其地产蒲桃酒，甚有名。

［10］达佛涅（Daphnê）是河神的一个女儿，为阿波隆所爱，可是达佛涅不愿意，而他追求不止，她不得已乃请求神救她，把她变成一株树，她被化为桂树，这就叫作达佛涅。

[11] “亲吻”（philein）原来是表示亲爱尊敬等种种意义，所以接触的地方也就不同，如手足颜面都可以亲，这里特别说亲在嘴上。

[12] 原文云 aidoia，原义是可羞，转为敬畏，后来乃作为生殖器用了。

[13] 这就是说十万八千丈。

[14] 恩底弥翁（Endymion）是卡里亚地方的一个牧羊人，因为生的美丽，为月亮的女神塞勒涅（Selênê）所爱，遂使他终年沉睡，每夜前来访问他。这里利用这神话的关系，便叫他做月亮上的国王了。

[15] 法厄同（Phaethôn）是太阳神赫利俄斯（Hêlios）的儿子，他出去代太阳巡行，但是驾不住太阳的马，因此出了轨道，到处乱跑，使得天上地下都烧了起来。宙斯看见他闯了大祸，因把一个霹雳，将他打下了。他因为这个关系，所以作为那里的国王。

[16] 麻雀皂斗队（Struthobalanoi）系照原文直译，但是 struthos 一语亦可作鸵鸟解，唯麻雀似更有诙谐的意思，故译语从之。

[17] 羽扇豆系日本名称，中国植物学上亦加沿用，原语云“忒耳摩斯”（thermos），为豆科多年生植物，状如藤萝，作花碧色或白色，可供赏玩。

[18] 圆形列岛（Kyklades Nêsoi）在多岛海的南部，系是一列群岛，排作圆形，故有此名。

[19] 两亩（diplethros）系直译原语，亦即二百尺长。赫罗多德《史记》卷三曾说印度某地，有蚂蚁比狐狸还要大些。

[20] 锦葵（malakhos）因为古来以为可以医病，故今反说它有毒。

[21] 重装步兵（hoplitai）是着甲的兵，遍身都有盔甲，带着盾牌，和两支长枪，一把短剑。轻装兵则只拿一个小盾牌，穿着胸甲而已。

[22] 狗脸人（Kynoprosôpoi）见赫罗多德《史记》卷四，说在利彼亚（Libya）这地方有狗脸人，以及无头的人，那利彼亚人以为他们是以乳为眼睛的。这与《山海经》里所说的刑天，很是相像了。

[23] 云中马人（Nephelo Kentauroi）意思是说马人之在天上者，马人（Kentauroi）是希腊神话中的一种怪物，他的上半身是人而下半身是马，但是又长得特别，下边是一匹有四条腿的马，从颈子以上接长着半个身子，却是壮健的男子。这样子倒并不奇怪，比一个人生着两只马蹄，有如《山海经》图上画的“丁零国”人，要好看多了。

[24] 萨耳珀冬（Sarpedon）是宙斯的一个儿子，从征特洛亚，被敌将所杀，据说宙斯甚为感伤，当时为之下血雨云。

[25] 纪功碑（Tropaia）是得胜者纪念敌军败退的事情，收集败军的兵械，堆聚起来，表示胜利，与用了文字表达者不相同。

[26] 巨像（Kolossos）是太阳神的铜像，立在罗多斯（Rhodos）的港口，高凡七十肘，约十丈有余。

[27] 射手是黄道十二宫里的一个星座，即人马座，所谓人马就是我们译的“马人”（Kentaurus），因为觉得“人马”是一句熟语，容易认作人和马讲，所以不如用较为生硬的“马人”，正如半人半羊的小神我们译为“羊人”一样。

[28] 琥珀是平常的解释，但这里或有解作金子与银的一种贵重合金的，称为琥珀金，古代曾以铸造货币云。

[29] 腿肚里怀孕系讽刺宙斯的事，宙斯曾两次怀孕，第一次是在头里，生出来的乃是雅典娜，第二次则在腿里，产生的是狄俄倪索斯。神话里说宙斯爱上了塞墨勒（Semelê），给赫拉知道了，阴谋害死她，乃化作老妪去游说，说要证明她的爱人真是宙斯，最好叫他现出真身给她一看。她要求宙斯许可她一件事，宙斯应允了，及至说了出来，欲待不做，可是神人不二言，做了便一定有危险，因为他的那全副神光不是凡人所受得了的。果然塞墨勒给神火烧为灰烬了，但是她的胞胎乃是神的种子没有烧坏，宙斯收了起来，割开腿肚子将它收藏在内，后来长大了又复取出，这就是狄俄倪索斯。腿肚子一语系原文（gastroknêmia）直译，碰巧在中国话里也有这样的一句话。

[30] 一肘（pêkhys）长约二尺弱。

[31] 希腊古代喜剧常有粗俗言语，不加忌讳，且男风流行，亦多说及，此种讽刺文字出于喜剧流派，多有相同之处。英日各国译本率出于删节，兹为保存古典原有面目起见，照样翻译，但于词句之间略加修改而已。

[32] 彗星原文出于希腊语，意云长发星（Komêtês），所以这样说。

[33] 活动的眼睛系借用神话中三个衰老女神格赖埃（Graiai）的故事，她们三人共有一只眼睛和一个牙齿，交互使用，保护那戈耳工（Gorgôn）的。珀耳修斯（Perseus）奉命去杀戈耳工，他得到诸神的帮助，先到格赖埃的地方，向她们骗得了那唯一的眼睛，查到戈耳工的踪迹，达到了他的目的。

[34] 云中鹁鸪市（Nephelokokkygia）乃是阿里斯托法涅斯（Aristophanês）所作喜剧《鸟》（Ornithes）里的都市名，这是戴胜等鸟类在空中建造起来的一个国家。

奇异生物与远途旅行

正如罗马众神一样，许多罗马文学作品似乎都在仿效希腊模式。比如维吉尔的《埃涅阿斯纪》，又被称为“拉丁语的《奥德赛》”。埃涅阿斯是神话中的特洛伊王子，在特洛伊城陷落后和他的追随者们一同流亡，从地中海地区前往意大利。在那里，他的后人建立了罗马城。这篇史诗中包含了一段著名的情节：埃涅阿斯下到地狱，向他已故的父亲安喀塞斯请求赐教。这段情节为但丁的《神曲》提供了灵感。

幻想作品的基本要素不断出现在罗马人形形色色的故事中。阿普列乌斯[1]的《金驴记》(又名《变形记》)中，一位英雄被变成了一头驴子，经历了各式各样的不幸遭遇。《吉尔伽美什》和《奥德赛》是游记文学的原型。古希腊“历史学之父”希罗多德继承了这一传统。他不仅描述了他亲身经历的真实旅程，还描绘了人类所知的疆界之外的虚构国家和那里奇特的居民：黑面人居住在尼罗河之源的山脉

1. 古罗马哲学家、作家。

背后，斯基泰人居住在黑海的另外一边，北境人居住在比北风还要遥远的地方。

后世的幻想作家继承了这些经典的幻想素材，尤其是罗伯特·E. 霍华德（Robert Ervin Howard）开创的英雄奇幻流派。霍华德用下面这段源自《奈迈地人编年史》（*The Nemedian Chronicles*）的文字作为《征服者柯南》（*Conan the Conqueror*，1950）的序言：

> 你要知道，我的王子。在亚特兰蒂斯和其上光鲜耀眼的城市被大洋淹没的时代和雅利斯之子[1]在世上崛起的时代之间，曾经有过这样一个梦幻时代：光彩夺目的王国在世界上星罗棋布，如同星辰之下的蓝色斗篷——奈迈地、俄斐、布吕涂尼亚、希柏里尔；还有扎拉玛，那里生活着黑发的女人，耸立着蜘蛛栖息的神秘高塔；经加拉，那里盛行骑士制度；寇斯，毗邻田园牧歌一般的舍姆；斯泰吉亚，那里经年不散的阴影笼罩着墓地；赫卡尼亚，那里的骑士们身着钢甲、丝绸和黄金。但世界上最值得夸耀的王国是亚奎隆尼亚，西方梦幻之土的最高统治者。[2]柯南来自那里，他是西米里族人，头发乌黑、目光阴郁、手握宝剑。他是盗贼，是掠夺者，是杀手。他时而抑郁，时而狂喜，世间金碧辉煌的宝座被他踩在脚下。

从另外一个角度来看，黑面人、斯基泰人和北境人其实都是异

1. 霍华德在他的奇幻世界之中虚构的名词，书中只是提到这个词，并未详细解释，根据书中的说法，这个词可能指的是一个人或者隐喻一个种族。书中提到“雅利斯之子”崛起并征服了世界，并可能成了雅利安人的祖先。
2. 前段地名均为霍华德创作的奇幻世界之中的王国。这些名称中的一部分在西方文化中有相应的典故，如俄斐为《圣经》中盛产宝石和黄金的土地，希柏里尔为希腊神话中位于极北之地气候温暖、四季如春的乐土。

种人——一些奇异的生物，并不完全是人类。他们很有趣但也可能很危险，居住在很难找到、很难到达的地方。罗马人重新拾起古老的希腊故事，加入了自己的修饰。他们的作家讲述了这样的故事：有一座幸运之岛，那里的居民长着有弹性的骨头和分叉的舌头；潘查阿岛，那里香气缭绕；伊斯穆斯山谷，那里的野人双足向内；阿尔巴尼亚，阿尔巴尼人居住于此，那里还有雌雄同体的人。罗马人讲了阿里玛斯波伊人[1]的传说，为了获取黄金，他们终身都在和黑暗中的狮鹫战斗；还讲了珀西里人的故事，他们的躯体能让蛇中毒；还有能使用咒语的魅魔、能用目光杀人的女人……

后来，科幻小说继承了异种人题材的部分魅力。当时的作家们讨论了很多可能性：不同的生物、不同的行为方式、不同的外表。这些又引发了更为重要的问题：人们该怎么和异种人相处，它们和人类又会怎样相互影响？理性的疑问最终取代了奇妙的想象。

罗马帝国灭亡后，人们更关心如何活下去，对文学的关注不复存在。在文学上，唯一有意义的努力就是将经典文稿保存并抄录下来。但是口述文学复兴了，它们主要以史诗的形式讲述英雄们的功绩，比如 8 世纪的《贝奥武夫》和 12 世纪的《尼伯龙根之歌》；口述文学的另一种形式是查理曼大帝时期以《罗兰之歌》为代表的法国传奇故事。12 世纪同样诞生了第一批文学巨著：克雷蒂安·德·特鲁瓦的亚瑟王传奇和沃尔夫拉姆·冯·埃申巴赫的《珀西瓦里》。这些作品大都涉及危险的旅程和主人公与其他人、怪物或者龙的战争。有时，这些作品中的故事也会谈及追寻更为抽象的事物，这些元素也同样出现在了后世的科幻小说中。

与此同时，给欧洲带来丰富数学知识的阿拉伯文明正在蓬勃发

1. 古希腊神话中居住在北方的单眼种族。

展。其他类型的传奇故事在阿拉伯世界流传，直到19世纪时，这些故事才以《一千零一夜》为题被译为英文，此前它们并未被翻译。后世的作家从这本书中了解到了阿里巴巴、阿拉丁和他的神灯、辛巴德和他的传奇航海故事、飞毯、巨鸟等幻想故事。

但丁在他的著作《神曲》之中总结了中世纪的基督徒对自然和超自然事物的态度。在书中，维吉尔陪同诗人游览了地狱和炼狱，比阿特丽斯[1]陪同诗人游览了天堂。此时，马可·波罗在1295年从中国返回威尼斯，并且带来了关于东方之地神奇文明的信息，这些信息和希腊人、罗马人在他们的旅行故事之中想象的情节一样丰富多彩，也几乎一样离奇。欧洲人脑海中的小世界突然扩大了。

14世纪，薄伽丘创作了《十日谈》。随后，黑死病在欧洲暴发，薄伽丘的作品《十日谈》和中世纪末期伟大的旅行游记《约翰·曼德威尔爵士的旅行游记》流行于整个欧洲。

表面看来，这本书是一位名为约翰·曼德威尔（或茂德威尔[2]）的爵士所著的旅行记录，但其实它很可能是一位佚名的编者编纂的新老旅行故事选集。本书的副标题是这样的："通往耶路撒冷之途，印度及诸岛、诸国之奇闻。"本书最早的英文版本之一包含了下文这些信息：

> 约翰·茂德威尔所著之书自此始。茂德威尔者，英格兰之骑士也。生于圣阿尔本斯镇，游历世间诸国，多见杂闻趣事、各地民风、纷繁诸族、奇人异兽。所见之物、所历之事，尽载于此书。

1. 但丁在《神曲》中塑造的完美女性的形象，原型来自其儿时倾慕的对象。
2. 因为本书成书时间久远，语言和单词会产生流变。在有的版本之中"曼德威尔"（Mandeville）写作"茂德威尔"（Maundeville）。

从后文节选的章节之中，可以一窥本书的感染力和书中将事实和幻想融合在一起的写作手法。

（赵佳铭　译）

约翰·曼德威尔爵士的旅行游记（节选）

佚名

第十八章

关于爪哇岛国王的宫殿，关于能产出粮食、蜜、酒和毒液的树木，以及关于周围岛屿的其他奇迹和风俗。

除了我提到的那座岛，还有另外一座大岛，名叫苏莫博，该岛的国王十分强大。岛民不论男女，都用滚烫的铁在脸上烙下印记，以示身份高贵，好叫其他人知晓。因为他们自诩全世界最高贵、最可敬。他们总是与赤身裸体之民开战。紧靠此岛另有一座富裕的岛屿，名叫贝特因加，在那儿附近还有许多其他岛屿。

紧靠那座岛、需要渡海抵达的，是另一座大岛，也是一个地大物博之国，叫作爪哇，周长将近有两千英里。此国之君是一位伟大的国王，他财势雄厚，统领七国，即环绕爪哇的七座岛屿。爪哇岛上人口众多，种植各种香料作物，比其他任何一国都丰富，譬如生姜、丁香、肉桂、肉豆蔻和肉豆蔻皮。敬请知悉，肉豆蔻皮是肉豆蔻的产物。咱们知道榛子外面有一层皮，榛果就封闭在其中，直至成熟；肉豆蔻和肉豆蔻皮之间也是这种关系。岛上还种有许多其他香料和作物，那里一切物产都很丰富，唯独酒例外。金银也很丰富。

该国的国王有一座非常宏伟壮观的宫殿，比世上任何一处都更华贵；通往各处厅堂的台阶都是用金和银交替砌成的；厅堂内的地面也用金银方砖铺就；所有内墙上都裹着金箔、银箔，上面镶嵌着各种故事和骑士的战斗场面，其中骑士们头上的冠冕和饰物都由珍贵的宝石和硕大的珍珠制成。此外，宫殿的所有厅堂也都用金银包裹，若非亲眼所见，没有人会相信宫殿之华贵。要知道爪哇岛的国王勇武非凡，他曾多次在战场上击败契丹的大可汗——大可汗是苍穹之下最伟大的皇帝，不论是在大海彼方还是这一边。契丹与爪哇之间战事频繁，因为大可汗想将这块土地占为己有，而另一方始终防御严密。

那座岛之后又是一座大岛，名叫帕坦，这也是一个伟大的王国，满是赏心悦目的城镇。那块土地上有一种树，树上能结出粮食，人们用它来做雪白的面包，味道很好。虽然看起来像小麦做的，但尝起来不是那种味道。还有其他品种的树，有的能产出甜美的蜜，有的产出毒液。这种毒只有一种办法可以解，就是摘下毒树的叶子，捣烂之后与水混合，然后喝下去，除此之外无药可救。犹太人曾委托他们的一个朋友去获取这种毒液，试图谋害所有基督徒，我曾听见他们在临终忏悔时说过这件事；但是，感谢全能的上帝，他们的计划失败了，尽管已经导致了大量人口的死亡。还有另外一些树能产出美酒。

诸位或许想知道粮食是如何从树上产出来的，我便说说。岛民用短柄小斧劈开树干，劈到靠近地面，直到树皮裂成许多块，有浓稠的液体流出来。他们用器皿盛接液体，放在日头下晒干，然后拿到磨坊研磨，便得到雪白的杂粮粉。蜜糖、美酒和毒液也都用类似的方法从树木中获取，在器皿中保存。岛上有一片死海，或者是湖，这片水域没有底，任何东西掉进去都不会再浮起来。湖里长着一种芦苇，有三十英寻[1]长，岛民称之为萨稗。人们利用这些芦苇建造漂亮的屋舍。那里还有另一种芦苇，生长在靠近岸边的地方，茎叶不太长，但是它的根部有四分之一弗隆[2]甚至更长。在根节交错处能找到一些蕴含巨大能力的宝石，佩戴这种宝石的人不会受到铁和钢的伤害。因此，拥有这些宝石的人，不论在海上还是陆地上，都会非常英勇地战斗。当他们的敌人意识到这一点后，就改用钢铁之外的材料制作箭矢和标枪，这样便能击伤并杀死他们。此外，他们还用这些芦苇建设房屋、船只等等，正如咱们用橡树或其他木材盖屋建船。诸位可千万不要以为我开玩笑，我曾多次亲眼见过这些芦苇，就躺在那片湖泊的支流里。若想要搬到岸上，咱们二十个人也扛不动一根。

越过这座岛继续渡海，便到达另一座丰裕的岛屿，名叫卡洛纳坷。此处的国王可以随心所欲地迎娶妻妾。他派人在国内遍寻美貌少女。这些姑娘被呈献到他面前，他每晚娶一个，从不间断。于是他有一千名夫人，甚至更多。国王的子嗣也数目众多，有时一百个，有时两百个，有时更多。他还拥有至少一千四百头大象，这些象与他所有城池中的奴隶一同养大，它们的背上设有木制象舆。一旦周围的国家要与该国打仗，国王就命令一队特殊的士兵骑上象背，与敌人作战。周围的那些王国也这么做。人们称这些大象为战象。

这岛上还有一大奇观。每年一度，海中的各种鱼儿都会聚集到岸边，一群接一群，数量之大，你若放眼望去，除了鱼什么都看不见。一群鱼会停留三天，该国的每个人都可以随意捕捞。第三天后，这一种鱼就会散去，游回大海中。接着，另一种鱼又会大量聚集，同样停

1. 英制水深单位，1 英寻约合 1.6 米。
2. 长度单位，1 弗隆约合 200 米。

留三天；如此往复，直到所有种类的鱼都来过，所有人都捞得心满意足。没有人知道其中的原因，但岛民都说这是鱼类在向国王致敬。岛民说，他们的国王是全世界最可敬的王，因为他实践了上帝对亚当和夏娃的训诫“要生养众多，遍满地面”。因为他生养众多，上帝赠予他各种鱼，叫他和他的子民随意取用；因此海中所有的鱼都来到这里，礼敬世上最高贵最杰出的国王，上帝最宠爱的人，岛民如是说。

该国还有一种巨大的蜗牛，大到许多人都住在它们的壳里，就像住小房子一样。还有其他种类的蜗牛，也非常高大，但都不如那一种大。除了大蜗牛，还有黑头白身的大蛇。有些头部和人的大腿一样大，有些稍逊。它们的肉专门献给国王和其他大领主享用。该国若有已婚的男子死亡，妻子要活埋陪葬。因为他们说既然妻子在凡世陪伴丈夫，那也应当在另一个世界陪伴他。

从该国出发，渡过海洋，就抵达一座名叫卡弗罗斯的岛屿。岛上的土著会把重病的朋友吊在树上。他们说，鸟是上帝的天使，尸体被鸟吃掉，要强于被地上污秽的蠕虫蚕食。然后我们到了另一座岛，岛上尽是恶毒可憎之人。他们豢养巨犬，一旦有朋友重病，他们就教唆恶犬扼死病人。他们不愿意让朋友自然死亡，因为他们说如果任其自生自灭，他们会遭受巨大的痛苦。当病人被扼死后，岛民吃他们的肉，好像吃的是野味一般。

之后我们渡海经过许多岛屿，抵达一座名叫米尔克的岛。岛上有许多恶毒可憎之人，他们最喜爱做的事是斗殴杀人。他们喝起人血来欢天喜地，还称之为“神”。一个人杀的人越多，就越受尊敬。接着，我们继续渡海，经过一座又一座岛屿，抵达一座名叫特拉科达的岛。岛上的居民都像野兽一般不可理喻。他们在地上挖出洞穴，住在其中，因为他们不知道要盖房子。一看到任何人途经此国，他们就会躲进洞穴中。他们吃蛇肉，且不会说话，只会像蛇一样发出“嗞嗞”声。

离开这座岛之后，我们渡过海洋，途经许多岛屿，来到一座漂亮的大岛。该岛名叫纳库梅拉，周长超过一千英里。岛上的男男女女都长着狗的脑袋。他们通情达理，理解力也很强，不过他们崇拜的神明是一头公牛。每个人的额头上都饰有一头金质或银质的公牛，以表示他们对神的热爱。他们只穿一小点儿破布，几乎赤身裸体。他们体格高大，非常好战，用一面巨大的圆盾遮住整个身体，另一只手持矛作战。如果他们在战斗中俘虏了敌人，就将之吃掉。该岛的国王富裕而强大，并且非常坚定地信仰自己的律法。他的脖子上戴着一串东方珍珠，有三百颗，中间打着绳结，就像咱们这里用琥珀做的念珠一样。正如咱们诵念《主祷文》和《圣母经》的时候，会一边念一边数念珠，这位国王也每天虔诚地向他的神祷告三百遍，然后再用餐。国王的脖子上还挂着一块东方红宝石，名贵而精美，有一英尺长、五指宽。

岛民选出了他们的国王之后，就会把这块红宝石交到他手上，然后带领他在全城巡游。而国王应当始终把红宝石戴在脖子上，如果他没了宝石，岛民就不再奉他为王。契丹的大可汗觊觎那块宝石，但始终无法得到它，不论是发动战争还是用任何财物交换。这位国王刚正不阿，决断公平，人们可以安全地在他的国土上活动，随身携带任何物品，没人敢抢劫。

离开此地，我们去往另一座岛，名叫席尔哈，周长足有八百英里。岛上十分荒凉，因为这里满是蛇、龙和鳄鱼，很少有人敢在此处定居。鳄鱼与蛇相近，后背发黄且有条纹，长有四足，大腿粗短，爪子像巨大的钉子。有些鳄鱼身长五英寻，有些能长到六、八甚至十英寻。当它们爬过遍布沙砾的地面后，地上像是有人拖着一棵巨树走过一般。这里还有许多其他野兽，尤其是大象。

岛上有一座高山，山的正中央是一片秀丽的平原，中间是一大片湖水，水量十分充沛。据此国的居民说，亚当和夏娃被逐出乐园后，在这座山上哭了一百年。他们说，那水就是二人的眼泪；二人哭出了太多的泪水，形成了上述湖泊。人们在湖底发现了许多宝石和硕大的珍珠。湖里长了很多芦苇和高大的甘蔗，水里有许多鳄鱼、蛇和巨大的水蛭。该国的国王每年给贫民放一次假，允许他们去湖里收集宝石和珍珠，这是一种救济，以纪念上帝创造亚当之爱。为了抵御毒虫害兽，他们往胳膊、大腿、小腿上抹油膏，那种药剂是用一种叫作柠檬的东西制作的。柠檬是一种水果，像小豌豆。这样一来他们就不怕鳄鱼和其他毒物了。湖水涨涨落落，从山的一侧流出，在这条河里，人们发现了大量的宝石和珍珠。岛民们都说该国的蛇和野兽从不伤害来到该国的外国人，而只针对出生在这里的本地人。

第十九章

人们如何通过一座神像来判断病人会不会死亡。关于体态各异和容貌奇妙之民，关于救济狒狒、无尾猿、长尾猴和其他野兽的僧侣。

从那座岛渡海向南，有另一座大岛，名叫洞敦。此处的岛民都十分邪恶，父子相食，夫妻互噬。如果某家的父母或亲友病了，儿子就去找律法规定的祭司。他恳求祭司去拜祭神像，问问他的父母亲友会不会病死。祭司便与这家的儿子来到神像面前，虔诚地跪下，向神像询问。如果附在神像中的恶魔回答说病人能活下去，那他们就好好地照顾病人；如果附在神像中的恶魔回答说病人会死，那么祭司和这家的儿子就去找病人的妻子，他们一起把手捂在病人的嘴上不让他呼吸，这样便杀死了他。之后，他们把尸体劈成小块，请他们的朋友都来享用，并且派人请来全国所有的吟游乐师，举办一场肃穆的宴会。等他们吃完了肉，便把骨头拿去埋葬，并且唱歌，奏响美妙的旋律。

该岛的国王是一位强大的领主，统领五十四座大岛，收取贡奉。这些岛屿也各自有王，他们都服从那位国王。其中一座岛上的居民身材高大，像巨人一般，但容貌丑陋，令人无法直视。这些岛民只有一只眼睛，长在额头正中间。他们只吃生肉和生鱼。靠南边的另一座岛上的居民则形貌污秽，生来受到诅咒。他们没有脑袋，眼睛长在肩膀上……

（陶凌寅　译）

理想国即乌托邦

乔叟在 1387 年前后创作了《坎特伯雷故事集》，马洛里在 1469 年创作了《亚瑟王之死》。这两部作品是中世纪的最后杰作。两部作品中都有幻想和超自然元素，同时也都表达了这样的世界观：超自然力量应该在世界上扮演必不可少的角色。然而，即便在乔叟之前，种种迹象都表明这样一个世界正在逐渐分崩离析，世界中责任和义务的制度、等级观念和宗教的干预都在崩塌。

文艺复兴始于约 14 世纪初期的意大利。正是在这一时期，火药传入欧洲，武士开始转型为士兵。在英格兰，罗杰·培根带来了文艺复兴的前兆。培根是一位方济各会修士，他相信自然、实践和直接观察的益处，而在他的时代，无知比知识还要被人高看。圣奥古斯丁[1]写道："没有任何事物能挑战《圣经》的权威，因为《圣经》的权威大于全人类思想的力量。"关于罗杰·培根的唯一一部历史小说《奇异博士》（*Doctor Mirabalis*，1964）是科幻作家詹姆斯·布利什

1. 罗马神学家、哲学家。

创作的。

培根和很多社会名流发生过争执，还曾因魔法和占星术而被指控，并在1277年入狱，在狱中度过了十五年。有说法称，他曾在临终前说道："为了消灭无知，我自找了这么多麻烦，我真后悔。"但他对人类在未来能够取得何种成就的预见，是中世纪科幻小说的先兆，而且这些预见很多都实现了。在一封有名的信件中，他曾预言：

> 人们可能会造出巨大的船只和海船，只需要一个人驾驶，速度比载满了桨手的船还要快。
>
> 人们可能会造出速度奇快无比的车辆，而且不需要任何活物就可以移动。
>
> 人们可能会造出飞行装置，一个人可以坐在其中，转动曲柄，人工制造的机翼就会拍动空气，就像鸟儿飞翔那样。
>
> 人们可能很轻易地造出一种机器，一个人可以利用这台机器强制性地把一千个人朝着自己拉过来，而不是被拉到对面去，或者拉动其他容易驾驭的东西。
>
> 人们可能会造出一种设备，人可以借助这种设备在海底或者河底行走，身体不会受伤。
>
> 许许多多其他的事物都可能被人们制造出来，河上的桥梁可以没有桥墩或者其他支撑结构，各种机械、各种闻所未闻的动力设备。

在《坎特伯雷故事集》和《亚瑟王之死》成书的时代之间，人们发明了古登堡印刷机。这项发明带来了大众可以负担得起的廉价书籍，开启了文学流行化的进程。随着公众识字率的提高，文学流行化在19世纪得以完成。文学作品变得简单易得，这也同时导致了文学作品的庸俗化，因为大量公众有能力购买书籍，作者们要为了他们而创作。很多批评家认为，18 世纪出现的中产阶级发明了长篇小说，而且长篇小说也是为了这个阶层的人而创作出来的。

1492 年，哥伦布在他探索世界的旅途中第一次发现了美洲，西欧人心中的世界观念从此不同——世界不仅仅从平面变成了球形，其范围和景象也改变了。在正被探索发掘的新大陆上居住着新的人种和生物，与中世纪旅行书籍中记载的幻想生物一样怪异、一样奇妙。那里就像中国和传说中祭司王约翰的王国一样富饶，土地、河川、山峦、林地，比欧洲人曾经探索过的所有地域都要广袤。

自此以后，那些发生在与世隔绝的地方的冒险故事和更理想的社会就被作家置于尚未被发现的小岛上——直到人类的探索让地球上不再有未被发现的地方。即便是 20 世纪 30 年代（以及 50 年代的电影中），人们还是会想象在非洲或两极仍存在被遗忘的文明，但在 20 世纪早期，作家们就已经开始把目光转向行星或其他星系，在天空中寻找新的岛屿了。

弗朗索瓦·拉伯雷是一位本笃会僧侣和学者，曾在两部批判性小说《庞大固埃》和《高康大》[1] 中讽刺社会，这两部作品中富含幻想和怪诞要素。人们以他的名字命名一种粗野的幽默文风，此种文风后来被称为“拉伯雷式”。

此前几年，一篇在科幻小说史上更为重要的作品面世，其作者是一位学者、律师和人文学家，他曾任议员，并在后来成为亨利八世治下的英格兰首席大法官，他反对亨利八世与阿拉贡的凯瑟琳离婚，后被处以死刑。他的事迹在近些年被改写为戏剧，以《永远走红的人》为题在舞台和电影银幕上演出。在 1514 年到 1516 年间，

1. 这两部小说合称《高康大和庞大固埃》，又译为《巨人传》。

托马斯·莫尔爵士写了一篇关于完美社会的故事，小说中的社会位于一座遥远的小岛上，莫尔将这座岛和这篇小说都命名为“乌托邦”。他把希腊语中代表“不”的词根“ou”和代表“地点”的词根“topos”结合在一起，发明了“乌托邦”（Utopia）这个词。

乌托邦的意思是“不存在这样的地方”，但是因为它描述了构建社会更好的方案，因此这个词的意思也开始有了“好地方”或者“美丽的地方”的含义——理想国即乌托邦（理想国不存在），每一个乌托邦式的想象都含有这样的隐晦反语。当然，这样的反语是叙述故事所必需的一部分：乌托邦必须坐落在遥远或几乎无法到达的地方，否则读者就可能听说过它，人们也可能已经开始践行乌托邦的某些优越之处。

虽然莫尔受启发于柏拉图的哲学和阿美利哥·韦斯普奇[1]等旅行家的发现，但他开创了一种半虚构式的叙事手法，让作家们组织并戏剧化阐述自己在提高人类生存条件方面的思想。莫尔的《乌托邦》引出了一系列后续作品：托马索·康帕内拉（Tommaso Campanella）的《太阳城——柏拉图式理想国》（1623）、弗朗西斯·培根（Francis Bacon）的《新亚特兰蒂斯》（*The New Atlantis*，1624）、斯威夫特的《格列佛游记》（*Gulliver's Travels*，1726 这部作品也开创了反乌托邦——意为“不好的地方”——的类型）、巴特勒的《邦托乌》（*Erewhon*，1872）[2]、爱德华·贝拉米（Edward Bellamy）的《回顾：2000—1887》（*Looking Backward*，*2000—1887*，1888）、威尔斯的《新乌托邦》（*A Modern Utopia*，1905）以及他的许多其他小说。很大程度上，科幻小说是社会小说，因此直到今日，乌托邦和反乌

1. 意大利商人、航海家、旅行家。美洲（America）这个词就是以他的名字（Amerigo）命名的，1507 年第一次出现在人类记录中。
2. “Erewhon”是乌托邦“no where”倒写并调整字序后构造的。

托邦（又叫敌托邦）仍是科幻小说中经久不衰的主题。

在人类改变自己生活方式的过程中，生活越变越好是大势所趋，同时，有意或无意地让生活变糟的可能性也终究是存在的。第二卷是《乌托邦》中较为有趣的一卷，这一卷的故事是故事人物拉斐尔·希斯拉德在安特卫普向莫尔讲述的。据莫尔所述，拉斐尔·希斯拉德是一位海员，他随同韦斯普奇进行了前三次远航，在第四次航行中，他自愿落在了后面。他和他的同伴开始了一场探险之旅，最后到达了乌托邦岛。

（赵佳铭　译）

乌托邦（节选）

［英国］托马斯·莫尔

第二卷

乌托邦岛的中段宽约两百英里，全岛大部分几乎都是这么宽，但在两端逐渐变窄。它的形状很像新月：在它的两个尖角之间，海面有十一英里宽，形成了一个大海湾。这个海湾被五百英里长的陆地环绕，不受大风侵袭。在这个海湾里没有大的水流，整个海岸就像是一个连绵不断的港口，为岛上所有居民进行对外贸易提供了极大的便利。

但是，布满浅滩与暗礁的港口出入处却相当险要。在它的正中间，有一块岩石矗立于水面之上，倒是很容易避开，其上筑有一座塔楼，由一支守卫部队据守，而其他完全在水下的暗礁则非常危险。只有当地人才知道这条航道，因此，如果有外人在没有当地人领航的情况下进入海湾，他们就会面临遭遇海难的危险。如果没有岸上那些指示的标志，即使是当地人也无法安全通过。如果这些标志稍微改变一下，那么，假使任何一支舰队前来作战，无论它有多强大，都一定会一败涂地。

岛的另一边也有许多港口。海岸防御如此坚固——无论是自然形成的还是人工建造的——所以只需要很少的人就可以抵御一支强大军队的袭击。

但是他们报告说（而且也有有力的证据表明该报告是可信的）这里本来不是一座岛屿，而是大陆的一部分。它的征服者乌托普斯（“乌托邦”这个名字就是来自他——这里本来叫作“阿布拉克萨岛”）把野蛮而未开化的居民调教得如此文明且有教养，甚至超过了世上所有的其他人。在乌托普斯制服他们的时候，他打算把他们从大陆上分开，让大海环绕着他们。为了达到这一目的，他下令挖了一条十五英里长的深沟。为了使当地人不因此觉得自己是被当成奴隶一样地奴役，他同时命令自己的士兵也参加劳动。由于他指派了大量的人去劳动，出乎所有人意料，这项工作很快就完成了。一开始嘲笑这项事业愚蠢的邻国，一看到它的完美竣工，也只能感到钦佩和恐惧了。

岛上共有五十四座城市，全都巨大而又壮丽，有着相同的风俗、习惯和法律。在地势许可的情况下，各城市都被设计建造得近乎相同。两座城市的距离，最近有二十四英里，最远也不远，可以在一天之内步行到达。每座城市每年都会派三位本市最聪明的参议员到阿马罗去商讨关系全岛利益的问题。阿马罗是岛上的主城，它坐落于全岛的中心部位，是人们集会最方便去的地方。

每座城市的管辖范围至少有二十英里，而范围更大一些的城镇，拥有多得多的土地——没有一个城镇愿意扩大自己的疆域，因为乌托邦人认为自己是土地的耕种者，而不是占有者。

他们在全国各地为农民建造了农舍，这些农舍设计精良，配备了充足的农具。城市里的居民轮流到这些农舍中居住，没有一个农舍中的男女成员少于四十人，此外还有农奴二人。每户都有一对男女主人，在三十个以上的农舍中有一个治安官。

每年，每个农舍里有二十人在农村住满两年，返回城市。他们的位置将由二十个新从城市里来的人填补。新来的人从本农舍里另外二十人那里学习如何进行农务劳作，因为那另外的二十人已经干了一年了；同样，他们到第二年也得再教下一批城市里来的人。通过这种方法，那些住在乡下农场的人就不会不懂农业，就不会犯错误，不然的话可能会带来重大危机，导致玉米短缺。这种每年一次的农民换班方式是为了防止任何人被迫从事艰难的工作而制定，但是事实上许多人喜欢做这件事，以至于希望加长年限。

这些农民耕种土地、养牛、伐木，并将木材送到城镇——至于走水路还是陆路，要看哪种最方便。他们以非常特别的方式繁殖了无数的鸡。他们不用母鸡坐着孵化，而是将大量的鸡蛋放在适宜的恒温环境中孵化，小鸡很快就会脱壳而出，但是它们似乎认为喂养它们的人是它们的母亲，就跟从着他们，好像小鸡跟从着孵化它们的母鸡那样。

他们只培育很少的马。他们养的那些马都是好马。它们是用来给年轻人练习骑马用的，而不是用来做耕作或运输那样的工作。他们用牛耕作和运输，虽然他们的马比牛更强壮，但是他们发现牛更耐用，而且它们更不易得病，所以养牛更省钱，麻烦也更少。而且，当牛已经老得用不了了，不能充当劳力了，它们的肉至少还是好的食物。

他们不播种谷物，而是播种一些他们用来当作主粮的其他作物。他们喝红酒、苹果酒或珀利酒，经常喝水，有时还加入蜂蜜或当地盛产的甘草一起煮。尽管他们确切地知道每个城镇以及属于该城镇的所有乡村需要多少玉米，但他们播种得更多，所饲养的牲畜也超出了其消费所需的数量。他们把多余的钱都给了邻居。

当在农村工作的人需要他们并不生产的物资时，他们就去城市获取，并且不需要提供任何物资作为交换。城市中的治安官会负责给他们提供物资。基本上每个月的节庆期间他们都要在城市里见一次面。当收获的时节到来之际，农村的治安官会送信给城里的治安官，让他们知道他们需要多少人手来完成收获。农村治安官要求的人会被如数派遣过来，需要的人手在一天内就可以聚齐。

我已经尽可能准确地向你描述这个共和国的组织架构了。我不仅认为这是世界上最好的共和国，还认为这是唯一一个足以称得上是“共和国”的国家。在我们所能见到的所有国家之中，当人们谈起共和制度，每个人只不过是在寻求自己的利益。但是在那里，没有人保有任何私有财产，每个人都热心追求公众整体的利益。实际上，人们的行为如此大相径庭也不奇怪，因为在其他国家，每个人都知道要是他不寻求自己的利益的话，无论共和国有多么繁荣富强，他也一定会因饥饿而死。所以他就会看到将自己的利益置于公众利益之上的必要性。但是在乌托邦，每个人都有处置任何物资的权力，他们都知道如果他们用心让自己的国家仓廪充实，也就不会有任何人急需任何物资，因为他们之间完全平等，所以没有穷人，没有人忍饥挨饿。虽然没有人拥有任何物资，他们仍然都是富人，因为每个人都过着平静喜乐的生活，不会因为什么事情而忧心，不会被逮捕，不会受困于妻子无休止的抱怨，还有什么生活能比这更富足呢？他不会担心他的孩子遭受贫困，也不会担心如何为女儿准备嫁妆。他反而会很确信自己和妻子、子女、孙辈，以及他能想得到的后代都可以富足喜乐地生活下去。

在这个国家的人民之中，那些曾经参与劳动，但是后来无法继续从事劳动的人，和仍然在从事劳动的人一样受到了良好的照顾。我很乐意听到有人能把那里的公正平等与其他国家做个比较，在那些国家之中，要是能找到一丁点像是公正或平等的东西，我都可以去死。贵族、金铺老板、银行家或者其他一些要么什么事情都不做、要么最多做一些对公众毫无价值的事情的人享受着豪奢糜烂的生活。这是多么病态啊！而出身卑微的人、车夫、铁匠，或者农夫，他们辛勤工作，比牲畜还要辛苦，他们的工作相当必要，如果没有他们，任何国家都不可能撑过一年，为什么他们却忍受着贫困的生活，过着卑贱低微、牛马不如的一生？牲畜都不需要那么频繁地工作，它们被饲喂得也不错，而且还更快乐，也不会为了即将到来的事情而焦虑，但那些贫苦的人却因为无趣又无望的工作而绝望，为自己年老之时的需求而忧心，因为他们每天的工作只能维持他们现在的生活，几乎入不敷出，无法为自己年老之时积累余财。

这样的政府难道不是不公不义的吗？这样的政府将他们的利益慷慨地给予所谓的绅士、那些金铺老板、那些不事生产的人、那些以巴结奉承或虚头八脑为生的人；相反，对于那些出身卑微的人，诸如农夫、矿工、铁匠，国家没有他们就不可能继续存在，但是政府却完全不在意他们。当公权力榨取了他们的所有工作产出之后，他们就会受困于年迈、疾病和生活必需品，他们所做的一切都已经被遗忘，他们得到的全部回报就是在穷困之中等待死亡。那些富人常常试图将工资压低，不仅凭借欺诈性的手段，还会通过法律，那些法律本就是为了这种目的而设立的。因此，尽管让那些本该得到公众的丰厚回报之人只得到极少的回报已经很不公平了，但他们还将这种不公饰以公正之名，通过制定法律来让这种不公合理化。

因此，请容我一定要说出这样的话：我能得到的全部观点就是，我所见、所知的其他所有政府都不过是富人的阴谋，他们所谓的公共管理只不过是为了实现自己私人目的的借口，找出他们所能找到的全部方式来达到这一目的。首先，他们会将自己贪婪掠夺的资产安全地保存起来；然后，他们会用尽可能低廉的工资来让穷人为自己工作，尽一切可能来压榨穷人。一旦他们能够把他们的这些阴谋诡计披上公权力的外衣，他们就可以制定法律了，这些法律往往还声称自己代表着全体人民的利益。然而即便这些邪恶的人费尽心机地把可以让全体人民过得很好的财富瓜分干净，他们也远远没有乌托邦的国民幸福，因为一旦对金钱的需求和渴望都被消除，许多烦恼和罪恶也随之而消失了。如果世人不再看重金钱，那么欺诈、偷窃、抢劫、不和、骚乱、争吵、煽动、谋杀、背叛和巫术——这些不仅应当被法律所禁止，而且还应当受到法律严惩的行为——都会消失殆尽，谁又看不出这一点呢？人们的恐惧、焦虑、烦恼、劳苦和欲求，都将在金钱的价值消失之时消亡殆尽。即使是贫穷这个概念本身也来源于一种信仰，即金钱乃不可或缺之物，因此贫穷也会消失。但为了正确理解这一点，请看一个例子。

想想那些闹饥荒的年份，成千上万的人死于饥饿。而如果我们在年底对所有富人囤积谷物的粮仓做做调查就会发现，粮仓中的食物足够所有在饥困交加之中死亡的人所用。如果将这些粮食平均分配给所有人，就没有人会遭受粮食稀缺的可怕影响，如果所谓的金钱——人们假装是为了获得生活必需品而发明出来的东西——并不是阻碍人们获得生活必需品的唯一因素的话，那么一切生活必需品本应该很容易获取。

我毫不怀疑富人们也已经意识到了这一点，他们也很清楚地知道，不缺少任何必需品比拥有多余的奢侈品更幸福，从困境之中获得解脱比拥有多余的财富更幸福。同样，我毫不怀疑人们对于自己利益的关注和人们对耶稣基督权威的信奉。他拥有无上智慧，知道什么是最好的，也不会在告诉我们这一点时有所保留。骄狂是一种人性中的瘟疫，也是诸多困苦的源头，如果没有它从中作梗的话，世间的一切法律早就应该模仿乌托邦的法律而制定。

人们一旦染上骄狂这种恶习，他就不会以自身的便利——而是会拿他人的痛苦——来衡量幸福。即便一个人被尊为女神，如果没有其他人受到苦难、可以被她讥讽，她也不会感觉满足。骄狂让人觉得当有别人的不幸作为对比时，自己的幸福才会更为耀眼。展示出自己的富有，那些穷人才会更清晰地意识到自己的贫穷。骄狂就是那条地狱爬出的毒蛇，钻进人们的胸中，已经并不容易拉出来了。

因此我很高兴地看到乌托邦的居民建立起了这样的政府，我也很希望世间所有人都可以有足够的智慧来模仿他们。因为他们确实建立起了一种良好政策的蓝图和基础，人们可以在这里安居乐业，而且此种政策看上去还非常具有可持续性。因为他们已经拔出了人们思维深处野心和争斗的种子，所以国内从不会有任何骚乱的风险。骚乱已经摧毁了很多看上去非常稳固的国家了。只要人们和平地在乌托邦安居，受到如此优秀的法律的管理，即便那些嫉妒他们的邻国统治者常常想要摧毁这个国家，也从来没有成功地让这里陷入过骚乱或失序。

拉斐尔如此讲完了他的经历。尽管我想了很多，诸如乌托邦居民的习俗与法律、他们发动战争的方式、他们对宗教和神圣事物的观念，以及一些其他事情，这些都显得非常荒谬，但最为重要的是这一切奇怪特点所赖以生存的基础，即他们共同生活，不使用金钱——在这一基础上，在大众概念中为一个国家增光的一切高贵、壮丽、奢靡和庄严之物都将不复存在。我也注意到拉斐尔已经很累了，而且我不确定他是否可以容忍不同意见，因为我记得他曾经提及有些人热衷于证明自己拥有智慧，因此就对其他人的任何发现都吹毛求疵、横加指责。我只是赞扬了他们的体制，赞扬了他对于乌托邦体制的总体描述。然后我就拉起他的手，带着他用了晚餐，并和他说我会找些时间和他更详细地谈一谈这个话题，以便对这个话题有更为深入的了解。实话说，我也确实乐于找一个机会去这样做。同时，虽然我的确承认他是一个学识渊博的人，一个对于世间的知识有着深入了解的人，但我也不能完全认同他提到的每件事。然而，对于乌托邦共和国的很多特点，我还是希望我们的政府去模仿——但也许这只是奢望罢了。

（东方木、赵佳铭　译）

崭新的科学和古老的宗教

在《乌托邦》问世后的第二年，马丁·路德将他的《九十五条论纲》钉在了维滕贝格城堡教堂大门口，发起了宗教改革运动。但其他方面的革新也同样有革命性：人们发明了来复枪；哥白尼对天体力学的研究达到巅峰并宣称地球环绕太阳运行；格奥尔格·阿格里柯拉提出了矿物分类方法；墨卡托提出了科学制图法；李发明了针织机；伽利略发现了运动定律；詹森发明了显微镜；吉尔伯特对磁场进行了研究；李普希发明了望远镜；开普勒发现了行星运动的定律；纳皮尔提出了对数的概念；笛卡尔创立了解析几何。

科学发现开始达到关键性的规模——一个发现会引出另一个发现。技术不仅显示出它有能力改变人类的生活状态，还为科学研究提供了基本的数据。借此，科学可以改变人类对于自身的认知，也可以改变人类对自己在宇宙中地位的看法。人类在两个方向扩展了自己对世界的认识——小至微末，大至星辰。比较之下，人类所占的空间是大大地变小了。

对科幻小说来说，人类丈量世界的尺度和方式一直都非常重要。

在文学方面，卢多维科·阿里奥斯托创作了被誉为文艺复兴时期最伟大的诗篇的《疯狂的奥兰多》，其定稿版本出版于 1532 年。这部作品将罗兰的故事做了史诗化的描绘，艾斯托佛乘坐曾经载着以利亚的战车飞向月球，这样他才可能找回奥兰多丢失的智慧，因为月球上有城市和小镇，有地球上丢失的一切。1605 年，米格尔·德·塞万提斯的作品《堂吉诃德》出版，这部作品不仅获得了诸如“世界上第一部长篇小说”的荣誉，还凭借其对生活在幻想世界中所带来的现实后果的处理，在科幻文学史上占有一席之地。

但是，彼时和科幻小说相关的重要作品仍然是乌托邦小说。其中有一篇是一位名为托马索·康帕内拉的多明我会僧侣所著。他是意大利哲学家兼诗人，坚持忠诚信仰的至高地位，尽管他的作品强调的是理性、科学以及对人们在地球上生活条件的关切。因为康帕内拉与南意大利的统治者们（西班牙人）意见不合[1]，他在狱中度过了二十八年的时光。在狱中，他创作了他的八十八部作品中的很大一部分（塞万提斯的情况也类似，他称自己是在狱中构思《堂吉诃德》的），其中就包括《太阳城——柏拉图式理想国》。小说以对话体写就，一方是医院骑士团[2]大团长，另一方是他的客人——一位热那亚船长。

（赵佳铭　译）

1. 康帕内拉的宗教思想极为激进，反对宗教改革，希望推翻现存的君主政府，建立教宗领导下的宗教国家，因此多次被捕。

2. 创建于 1099 年，最初的职能是为病人和受伤的朝圣者提供医疗服务，随后慢慢发展为护送朝圣者的军事武装，至今仍然存在。其领导者称为“大团长”。

太阳城——柏拉图式理想国（节选）

[意大利] 托马索·康帕内拉

大团长：我请求你告诉我，你在这次航行中有些什么样的遭遇？

船长：我已经向你介绍过我的环球之旅。在旅程中，我到了塔普洛班厄，不得不在某处上岸。由于害怕那里的居民，我一直待在一片树林里。当我走出去的时候，我发现自己身处位于赤道的一片大平原。

大团长：你在那里又遇到了什么事情？

船长：我遇见一大群男人和带兵器的妇女，当中有许多人不懂我们的语言。他们引我前往太阳城。

大团长：请告诉我，那座城市是怎样规划的，又是被如何治理的？

船长：城市的大部分修建在一座高山上，而高山在广阔的平原上拔地而起。不过城市的几道环形城区伸展到了山脚以外一段距离。山的规模决定了城市的直径超过两英里，所以它的周长大约为七英里。然而，考虑到山峰的起伏，城市的真实直径要更长一些。

它分为七道环状城区，或者说由七大行星名字命名的巨大圆圈。相邻的两道环之间，经由四条大街，通过四扇面朝罗盘四个方向的大门相互连通。此外，它的结构是这样的，好比说第一道环被攻占了，要想攻占第二道环，就要动用两倍的力量，攻占第三道环则需要更多的力量。在之后的每一道环上，攻击者需要投入的力量都必须加倍。因此，想要占领那座城市的人必须向它发起七次袭击。然而，在我看来，即使是第一道墙也无法被占领，因为它的土木工事是那么厚实，在胸墙、城楼、大炮和壕沟的加持下，防御是那么坚固。

当我被带入北门道的时候（它是靠一扇铁门封闭的。凭借一部绝妙的设备，铁门可以沿着粗大门柱上的凹槽滑动，被提起、放下，还可以被轻松而牢靠地锁上），我看到在第一道和第二道墙之间有一片七十步宽的平地。从这个地方，我可以看到一座座巨大的宫殿，全都连接到第二道城区的城墙上，看上去仿佛都连成了一座。宫殿的中部建有拱桥，贯通了整个环。拱桥上有散步用的长廊。粗大而形状优美的柱子从下面支撑着。柱子由连拱相接，仿佛修道院里的列柱廊或者回廊。

除了在内部或者内凹隔墙上，宫殿的下部没有设置其他的入口。从那些地方可以直接进入建筑物较低的部分。不过，要想去较高的位置，可以走大理石阶梯，阶梯通往供散步之用的内部长廊，和外面的长廊差不多。从这里可以继续前往高层的房间。那些房间非常漂亮，内凹或者突出的隔板上都开了窗户。房间之间由装饰华美的墙壁相隔。环的外壁厚度约为八拃，内壁则为三拃，中间的隔墙是一拃，或者一个半拃。离开这道环，就到了第二片平地，它比第一片平地窄了将近三步。第二道环的第一面墙在上方和下方都修建了差不多的走廊，内部还有一面内墙围住宫殿。它的下部也是列柱围廊式的风格，不过上方有一幅幅精美的图画，围绕着通往上层房屋的道路。继续走下去，我又经过了与此类似的空地和双层围墙，围墙环绕着宫殿，外侧装饰着供行走的长廊，由圆柱支撑。直到抵达最后一圈，道路仍然是在一片平坦的原野上。

但是等到经过了两道门关，也就是最外和最内两面墙上的门关，我就要拾级而上了。因为是朝着一个歪斜的方向前进，阶梯的坡度并不明显，每一级的高度几乎觉察不到。山顶上是一片相当宽阔的空场，中间矗立着一座精美绝伦的庙宇。

大团长：说下去，我求你了！接着说吧！我渴望接着听下去。

船长：这座庙宇被建成了环形。它没有围墙，而是矗立在被优雅地分组的粗大圆柱上。一座非常大的圆顶被非常用心地建在了中央，或者说极点上。还有一个小穹窿仿佛又从它上面拱了起来，它当中有一个气孔，刚好位于祭坛的正上方。庙宇中间只有一个祭坛，四周围着一圈圆柱。庙宇本身的空间超过三百五十步。在它的外面，从柱子的头部向外延伸出大约八步长的拱桥，拱桥另一端的柱子则距离厚实、坚固、挺拔的墙壁大约三步。在这两列柱子之间有散步的长廊，路面铺设得很漂亮。墙上的内凹处装饰着许多大门，在内圈支撑着庙宇的立柱之间放置了不可移动的座椅。便携式的椅子毫不缺乏，数量众多，而且装饰精美。在祭坛上只有一个巨大的球体，上面绘有天体，还有另一个球体代表地球。此外，在圆顶的拱顶壁上，可以看到从第一到第六星等的所有星星，每颗星星标注着三行短诗，说明其专有名称和对地面事物的影响力。上面绘制了极点，以及依据该位置的正确纬度绘制的大小圆圈，但是这些并不完美，因为下面没有墙壁了。它们的绘制似乎也与祭坛上的球体构成了呼应。庙宇的人行道上铺满了闪闪发亮的宝石。它的七盏永不熄灭的金灯被赋予了七大行星的名字。

在建筑物的顶部，几间漂亮的小室建造在小穹顶周围。外部和内部柱子的拱梁上面的水平空间后面，还有很多大大小小的房间，在其中居住的牧师和宗教官员有四十九位。

较小的圆顶上立着一面旗帜，用来显示风向。旗帜上标记着多达三十六个数字，祭司们知道不同类型的风会带来什么样的年景，以及陆地和海上的天气将会有怎样的变化。此外，在旗帜下，总是放着一本用金色字母书写的书。

大团长：我请求你，值得尊敬的英雄，向我阐释一下他们整个的政府体系，因为我非常想要了解。

船长：他们当中的首要统治者是一位牧师，他们称其为“呼”，不过我们应该叫他“形而上学”。他掌管一切世俗和宗教事务，所有的生意和诉讼都由他作为最高权力机构做出裁决。三位权力平等的王子——庞、辛和莫——予以他协助，而在我们的语言里，这三位的名字应该译作“力”“智”和“爱”。力负责所有跟战争与和平有关的事务。他致力于研究军事技艺，对于任何具有战争性质的事务，他是仅次于呼的裁决者。他管理着军事裁判官和士兵，并负责弹药、防御工事、对其他地方的突袭行动、战事的实施、军械库，以及与军事有关的铁匠和工人的管理。

智管理文科、手工业及各个科学部门的裁判官和博士，还有学校里的科目。无论博士有多少位，全都归他掌控。有一位博士名叫占星家，还有一位名叫星源学家，第三位算学家，第四位几何学家，第五位历史学家，第六位诗人，第七位逻辑学家，第八位修辞学家，第九位文法学家，第十位医学家，第十一位物理学家，第十二位政治家，第十三位道德学家。他们只有一部名为《智慧》的书，里面非常扼要而通俗地介绍了各种科学常识。他们会按照毕达哥拉斯派的仪式，向人民宣讲这部书。遵照智的命令，城墙里里外外、上上下下都悬挂着最精美的图片，以令人尊崇的方式描绘出各种科学知识。在庙宇的墙壁上，以及一到牧师讲道时就会被放下来，以免声音分散而无法被听众听闻的圆顶上，画着不同星等的星辰，并在每颗星下题有三行诗，来说明它的力量和运行规律。

第一道城区的内墙上绘制了引人注目的数学图表，数量远超阿基米德和欧几里德的发现。图表的标绘反映了其所在的知识体系，而且每个图表都由一首短诗来做解释。图表的内容包括定义和定理等。在外侧的凸墙上，画着一张巨大的全球地图，接着是介绍各个国家的牌匾，内容包括它们的社会风俗、个人习惯、法律，以及居民的起源和力量。太阳城文字的上面写着不同民族自己的文字。

在第二道城区的城墙里边，或者说在第二排建筑物的内侧，可以看到各种宝石和普通石头、矿产和金属的图形，以及其小块标本，在每种东西的下面用两行诗加以解说。墙的外边画着地表所有的海洋、河流、湖泊和溪流，也画着酒、油和各种液体，并标明它们的提取之源、性质和特性。城墙的拱桥上面砌入了一些器皿，里面装满了有一百至三百年历史的、用来治疗各种疾病的液体。雹、雪、风暴、雷电，以及天空的各种现象，都被逼真地描绘出来，并以短诗加以说明。居民甚至拥有用石头表现各种大气现象的艺能，比如风、雷、彩虹等等。

第三道城区的城墙里边画着各种花草树木。每种植物都有一株活体标本种植在瓦盆里，摆在拱桥向外突出的部分。每株标本都附带着说明，解释了它们最初被发现于什么地方，具有什么功效和性质，它们与天体、金属、人体部位及海洋中的事物有何相似之处，也指出了它们在医药上的用途，等等。这道城墙的外面画着各种鱼类——河鱼、湖鱼和海鱼，并说明每种鱼的习性和特点，它们繁殖、培养和生活的方式，它们存在于世间的目的以及对于人类的好处。此外，它们与天地之间，各种天然的或者人造的事物有何相似之处，也得到了介绍。所以当我看到一条鱼像是主教，还有一条像链条，以及像大衣、像钉子、像星星，还有像我们日常生活中的事物的，而且相像程度都很高，不禁大为惊奇。还有各种海胆、紫色的贝类、牡蛎，以及水里所有值得人们知晓的东西，都以鲜明的图画形式得到了全面的呈现。

第四道城区的城墙里边画着各种鸟类，并标明它们的天性、大小、习性、颜色和生活方式等，而且这座城市的居民拥有唯一真正的凤凰。城墙的外边画着各种爬虫：蛇、龙、蠕虫；也画着各种昆虫：苍蝇、蠓虫和甲虫等，并说明它们的不同状态、毒性、用途等等。这类动物数量远超我们的想象。

第五道城区的城墙里边画着所有体型较大的地上动物，数量多得惊人。我们真正认识的，还不到其中的千分之一，因为外墙也有很大的面积被用来描画它们了。只就马类来说，品种就有那么多，其形态被描绘得那么美妙！

第六道城区的城墙内侧画着各种手工业及其用到的多种工具，以及不同国家人民的使用方式。旁边标注着这些手工业者的社会地位，还列出了发明者的名字。外墙上画着科学界和军工界的发明者以及某些立法者。我在那里看到了摩西、奥西里斯、朱庇特、墨丘里、李库尔赫、庞皮利、毕达哥拉斯、扎莫尔克西、梭伦、卡戎达斯、甫洛纽斯，以及其他许多人的画像。他们甚至还画了穆罕默德，但是太阳城的人民看不起他，认为他是一个虚伪的立法者。他们对耶稣和十二使徒极其敬慕，把这些人画在最尊贵的位置上。我也看到恺撒、亚历山大、皮洛士、汉尼拔和其他一些和平时期与战争中的杰出人物（尤其是罗马人）。他们的像画在了长廊的下面。当我很惊奇地问道，他们是从哪里了解到我们的历史的，他们告诉我他们掌握着各种语言的知识，他们经常向世界各地派出自己的观察员和使者，去了解各国的风俗习惯、实力、政治制度和历史，以及它们的优点和缺点，然后再向自己的国家汇报。他们对所有这一切特别感兴趣。我在那里了解到，中国人早在我们知道他们以前就发明了大炮和印刷术。太阳城有许多教师负责讲授这些绘画的意义。儿童们在 10 岁以前就能毫不费力地、轻松地通过直观教学法来掌握各种科学知识了。

爱首先掌管人种相关的事务，监督两性的结合，以便他们生出最优秀的后代。事实上，他们嘲笑我们对于犬种和马种的改良表现得兢兢业业，而对于人类的繁育却不重视。接下来儿童的教育也归他掌管，另外还有药品销售、庄稼的播种与收获、树木的栽培、畜牧业、四季的安排、炊事，以及一切与衣、食和两性结合相关的工作。爱本人是管理者，不过许多男女基层官员得到了处理这些事务的授权。

形而上学者在这三个领导人的协助下，主持上述所有事务，而如果仅仅凭他自己，什么工作都无法进行。一切都要由这四个人一起讨论，不过形而上学者的意见，其余三人肯定都会同意。

大团长：请你讲一讲行政官员，他们的服务和职责，他们受到的教育和生活方式，以及政府是君主制、共和制还是贵族政体？

船长：这个民族来自印度，他们的祖国遭到了波斯劫匪和暴君的破坏。他们逃了出来，决定过一种彼此间互为伙伴的达观生活。生活在他们那个地区的其他居民并未设立公妻制度，但是他们采用了这种制度。一切事物都是公有的，由公职人员来进行分配。艺术、荣誉和娱乐也是公有的，任何人都不能独自享用。

他们说，私有制之所以能够形成并得到改进，是由于每个人都有自己单独的住房，自己的妻子和儿女。自私自利就是由此产生的。因为如果我们都想着把儿子培养成有钱有地位的人，都想把大批的遗产留给自己的后代，有钱有权的人就会开始有恃无恐地掠夺国家的财产，而无钱无势或者生性刻薄的人就会成为吝啬鬼、骗子和伪君子。但是，如果能够摆脱自私自利的心理，我们就会只剩下对国家的爱了。

大团长：在这样的情况下，就会没人愿意劳动了，因为每个人都想靠别人的劳动来生活。关于这一点，亚里士多德就曾经反驳过柏拉图。

船长：我不知道是如何看到这个观点的，但我可以告诉你，他们对祖国的爱是那么的热烈，令我难以置信。根据历史记载，罗马人是甘愿为祖国牺牲生命的，可是太阳城的人民比罗马人更加热爱祖国，也比罗马人更加蔑视私有财产。我深信，如果我们国家的法师、僧侣和教士没有溺于对亲人和朋友的私爱或者升职进阶的野心，他们就不会那么贪恋钱财，而会对大众充满仁爱之心，就像在十二门徒的时代那样，或者如今很多人所表现出来的那样。

大团长：这仿佛是圣奥古斯丁才会说的话。但是我认为，既然在他们之间不可能有互助关系，那么友谊也就没什么价值了。

船长：其实不是这样的。我们应该注意这样一个事实：他们彼此没有什么馈赠。公社可以满足他们的任何需求。负责人员严密地监视着，不让任何人获取超过他所应得的东西，但是也不会有人被拒绝获得必需品，他们之间的友谊体现在战争和生病的时候，以及科学竞赛当中，那时他们通过教学的方式互相帮助。有的时候，出于需要，他们通过颂扬、交谈和行动相互提高。一切同岁的人彼此称为兄弟，称比自己年长 22 岁的人为父亲，称比自己小 22 岁的人为儿子。而且因为行政人员治理得很有效，在这个集体中谁也不能伤害别人。

大团长：那么他们是怎样治理的呢？

船长：我们有多少美德的名目，他们就有多少行政人员。有一位行政人员叫作大度，另一位叫作坚毅，另外还有忠贞、慷慨、刑事与民事的公正、慰藉、真实、仁慈、感激、愉悦、锻炼、持重等等。他们都是在孩童时期就被认为最适合担当相应的职责，然后得到推举。这就是为什么在他们当中，没有抢劫、杀人，也没有猥亵、乱伦和淫乱，以及我们的人民会犯的其他罪行。只要有人对他人图谋不轨，他们便会谴责其忘恩负义、懒散、沮丧、狂暴、下流、诽谤和撒谎，或者其他他们痛恨的恶行。遭到定罪的人接受的惩罚包括剥夺在公共食堂用饭的权利或者其他荣誉，直到法官认为他们的行为已经得到了修正。

他们根据太阳而非星星的运行划分季节，而且他们每年都在关注季节的更替比前一年提前了多少时间。他们认为，太阳不断地往下降，它的轨迹不断缩小，抵达回归线和赤道的时间每年都要提前一点。他们根据月亮的运行来计算月份，根据太阳的运行来计算年份。他们颂扬托勒密，景仰哥白尼，但又将亚里斯达克和斐洛莱置于比他们更高的位置。他们付出艰苦的努力，去理解世界的结构，搞清楚它是否会灭亡，以及何时会灭亡。他们相信耶稣基督真正的启示是通过太阳、月亮和星辰的征兆体现的，而我们当中很多愚人是看不出来那些征兆的。因此他们等待着时代的更替，或者它的终结。他们认为，世界到底是从虚无中创造的，还是从别的世界的废墟中，抑或是从混沌中产生的，是个很难有定论的问题，但是他们坚信世界是被创造的，而不是向来就存在的。因此他们不相信亚里士多德，认为他是一个逻辑学家，而不是一个哲学家。根据一些反常的现象，他们提出了许多证据来反对世界永恒存在的说法。他们把太阳和星辰当作上帝活生生的代表和征兆，当作神殿和神圣的祭坛，向它们致以尊敬而非崇拜。最受他们敬仰的是太阳，但是他们又认为一切造物都不值得被崇拜。他们将崇拜仅仅奉献给上帝，并因此侍奉上帝，以免被独裁的力量诱惑并遭到复仇者的惩戒。经过思虑，他们认为上帝就在太阳中，太阳就是神的征兆、面容和生动形象，太阳给了他们光、热、生命，令一切良善和丑恶的事物得以生发。因此，他们的神坛建立得像太阳一样，他们的神职人员把太阳和星辰当作神来崇拜，他们以太阳和星辰为上帝的祭坛，以苍天为上帝的殿堂。他们也敬奉善良的天使，认为这些天使是居住在群星——他们坚固的居所——当中的仲裁者。因为上帝早就在天上显示了他们的美好，在太阳中显示了他的光荣。他们说只有一个天堂，行星在接近太阳或者与它的轨迹相交的时候就会移动、升起。

他们认为地球上的事物遵循两条物理法则，即太阳是父，大地是母。空气是天的不纯部分，一切火的来源是太阳。海是地的汗水，或者是地下所包含的物质因燃烧或者融化而产生的液体，但又是空气和大地之间联系的纽带，就像血液是动物灵魂和肉体之间的纽带一样。世界是一头庞大的动物，我们生存在它的腹内，就像蛔虫生存在我们的腹内一样。所以我们并不属于星辰、太阳和地球的系统，而是只属于上帝，因为就我们与只追求阐发自己的前者的关系来说，我们的出生和生命只是偶然的；而从身为上帝工具的我们对上帝的关系来说，我们是上帝根据他的预见和安排，为了他的伟大目的而创造的。因此上帝是我们唯一应当忠于的父，我们应当接受他给予的一切。他们认为灵魂无疑是不灭的，人们死了之后，灵魂就会根据他们在尘世的行为而加入善天使或者恶天使之群。这是因为万物皆以类聚。他们对于赏罚之地的看法和我们几乎完全相同。他们怀疑在我们的世界之外，是否还存在着其他世界，但又认为世界之外空无一物的说法是疯狂的。虚无的概念与上帝是不相容的。他们定下了两条形而上学的观念：作为最高上帝的存在和缺乏存在性的空虚。恶与罪都来自缺乏的倾向，罪并没有足够的理由，而是原子缺乏。他们所谓的缺乏，是指缺乏力量、智慧或者意志。他们认为罪正是由此产生的，懂得行善和能够行善的人，应当有行善的意志，因为意志是由力量和智慧产生的。他们也崇拜三位一体的上帝，认为上帝是最高的威力，这种威力产生了最高的智慧，这种智慧就是上帝。爱从这些当中产生，而爱也就是威力和智慧。然而和我们的基督教教义不同，他们不承认上帝有三种不同的人格，而且也不曾有人向他们宣讲过我们的教义。等到恶行都被清除之后，这种宗教将成为世界未来的主宰，就像神学家所教导和所期望的那样。因此西班牙才会发现新大陆（虽然首先发现它的是最伟大的热那亚英雄哥伦布），而一切国家都应当被联合在统一的律法之下。我们自己并不知道自己在做什么，但是上帝知道，我们都是他的工具。他们出于对黄金和财富的渴望去探寻新的地域，而上帝的功业有着更崇高的目的。太阳虽然照热了地球，并不是为了创造植物和人类，而上帝却能够引导达成伟业的斗争。赞美属于上帝！荣誉属于上帝！

大团长：哦，如果你知道，对于即将到来的时代以及我们这个时代，我们的占星家们有着怎样的评价，一百年内的历史要比四千年前全世界所拥有的都丰富！印刷术和枪支的奇妙发明，以及磁铁的使用，以及这一切如何发源于水星、火星、月球和天蝎座的变化！

船长：啊，这个嘛！上帝在合适的时候自会赋予我们这一切。他们太依赖占星了。

（秦鹏　译）

经验、实验与启迪人类心智的战斗

启迪人类认知的战斗由罗杰·培根在13世纪发起，一直方兴未艾，直到17世纪时，另外一位培根开始消除错误的认知，建立起一套新的系统方法来认识世界，这套方法基于观察和实验。

弗朗西斯·培根研修法律，在伊丽莎白女王统治时期进入政府的法律部门，并步入所在行业的顶峰（正如他的那位创作乌托邦小说的前辈托马斯·莫尔那样），成为詹姆斯一世的大法官。然而就在三年后，他被指控收受贿赂。他承认了自己的贪腐和失职，在退休生活中度过了人生的最后五年。

他在思想领域的成就更为经久不衰。经验主义——一切知识都来自经验——这种哲学观点并非培根提出的新概念。16世纪的瑞士炼金术师帕拉塞尔苏斯针对盖伦[1]和其他传统医学家对权威的依赖，已经强调过经验主义的重要性。培根的贡献在于强调了如下几点：控制并重复实验、仔细调节实验条件、由理论指导并聚焦于理论。

1. 古罗马医学家。

在培根的著作《新工具》中，他开始彻底重建人们的学习方法。他首先攻击了那些欺骗人类、误导人类、迷惑人类的观点，并把这些观点称作“假象”[1]，他随后提出了自己心目中通向真理的途径。《新亚特兰蒂斯》是他未完成的一部乌托邦式幻想作品，讲述了一座科学方法已经发展完善的岛屿，在那里，人们建立了实验室来探索自然现象，科学发现也已经被用来为人们带来更美好的生活。但科学家们需要负责判断哪些科学发现可以公之于众，而哪些必须保密。

《新亚特兰蒂斯》的精彩部分是培根对所罗门研究院的描写（所罗门有“古代最有智慧的人”之称）。这个机构看起来非常像一座现代研究型大学，追求建立这样的机构似乎是未来三个世纪的科学蓝图。或许是因为培根在有益于人类的科学方面提出的见解没有被政治倾向所影响，他的观念比那些社会学家的观念更快地被付诸实施了。不出三十年，哲学学会[2]在英格兰建立，旨在研究自然现象并讨论科学数据及理论。1662年，英国皇家学会获得特许，这座科学机构至今仍然存在，而且仍然致力于追求培根当初提出的目标。

培根被誉为“科学方法之父”。

（赵佳铭　译）

1. 培根提出的哲学概念。详见《新工具》一书，在该书中培根提出了四种假象，统称“四假象说”。
2. 指一众受到《新亚特兰蒂斯》影响的科学家和哲学家在牛津成立的牛津哲学学会，是英国皇家学会的前身。

新亚特兰蒂斯（节选）

［英国］弗朗西斯·培根

我们从秘鲁乘船出发航行了一整年，途经南海[1]驶向中国和日本，随船携带的给养足够使用十二个月。一开始的五个多月都刮着和顺的东风。之后风向有了变化，连刮几天的西风让行进变得极为困难，甚至完全不可能，有时候还得故意掉头往回走。不过接着又刮起了强劲的南风，稍为有点偏东，带着我们向北驶去，我们也只能如此了。尽管我们一直吃喝得很节省，但等到那时，我们的给养已经不够用了。我们置身于世界上最为广袤的一片水域之中，没有食物，没有希望，只能等死。不过，我们还是虔诚地向上帝高声祈祷：乞求他在这茫茫大海中展现奇迹，乞求他大发慈悲，像创世之初他望见深渊的水面，创造出陆地时一样，也为我们带来陆地，让我们免遭灭顶之灾。

我们的祈祷应验了。第二天傍晚前后，我们发现在前方某处，偏北的方向，有一片仿佛乌云一般的东西，让我们升起了几分希望，希望那是一块陆地：我们知道南海的那一片区域完全不为人所知，

1. 欧洲对太平洋的旧称。

或许真有迄今为止尚未被发现的海岛或大陆也说不定。因此，我们调整航向，向那个可能是陆地的地方驶去，整整航行了一夜。第二天黎明的时候，我们已经可以在眼前清楚地辨认出一片平坦的土地，上面长满灌木，让它显得更加阴暗。又经过一个半小时的航行，我们进入了一片不错的避风港，坐落在一座美丽的城市中，谈不上雄伟壮丽，但建得不错，从海上看景色优美。我们一直在期盼着能够登上陆地，现在终于靠近了岸边，接近了陆地。但奇怪的是，我们看到不少人手中拿着棍棒，好像是要禁止我们上岸：他们没有喊叫，也没有露出凶相，只是发出信号，示意我们停止前进。因此，我们并没有感到什么不适，只是按照他们的指示采取行动。

在此期间，一条小船朝我们驶来，船上大约有八个人，其中一人手握一根细长的黄色金属手杖，手杖两端涂成蓝色。那人上了我们的船，没有显出一丝不信任的样子。看到我们之中有一人向前几步站到了所有人的最前面，他取出一小卷羊皮纸（颜色比我们的羊皮纸更黄一些，像写字台的金属合页一样闪闪发亮，但很薄，又有弹性），递给了我们站在最前面的那个人。那纸卷上用古希伯来文、古希腊文、学校教授的正宗拉丁文和西班牙文写着这样一段话：

> 任何人均不得上岸，限期十六日内离开本海岸，获得延时许可另当别论；在此期间，如若需要淡水、给养，或有伤病员需要救助、船只需要修理，写下你们的需求，出于人道，我们将满足你们的需求。

卷轴的花押是一个印章，上面有一对小天使的翅膀，翅膀没有张开，而是下垂着的；中间还有一个十字架。递交公文后，那个官员就回去了，只留下一个仆从等候我们的答复。我们在内部进行了商议，但感觉颇为不解。不准我们上岸，催促我们离开，这让我们很为难；但另一方面，发现这里的人也使用我们的语言，且富于人道主义精神，也让我们深感欣慰。最最重要的是，那公文上的十字架标记，让我们欣喜异常，这也一定是个好兆头。我们用西班牙语做了回答："我们的船，状况良好，因为我们一路上只遇到了无风和逆风天气，未曾遇上风暴。至于病人，数量很多，且病得不轻；如果不能获准上岸，恐有生命之虞。"我们把我们其他方面的需求也一一列明，并补充道："我们有一小部分商品，如果他们乐于交易，可用来交换我们所需之物，而不必让你们花钱。"我们准备了几皮斯托尔[1]的奖赏给这位仆从，并请他将一块深红色天鹅绒转交给那位官员，但仆从一样都没有收；甚至连看都没多看一眼就离我们而去，乘上派来接他的另一艘小船回去了。

大约在我们答复之后三个小时，一个（看上去）颇有地位的人来到了我们这里。他穿着一件宽袖长袍，应该是水波纹羽纱的，有着美妙的天空般的蓝色，比我们的衣服要有光泽得多。他的下装是绿色的，帽子也是，样式比较像缠头，做工极为考究，没有土耳其缠头那么大；几缕头发从他的帽檐下方露了出来。这人一看就是一位值得尊敬的人物。

他是乘船过来的，这艘船船体的一部分镀了金，除他本人外船上还有四个人；而且船后面还跟着另一艘船，那艘船上少说也有二十人。在他距离我们的船还有一箭之遥时，他们发出了信号，示意我们派员到水上迎接他，我们立即照办。我们派出船上的小艇，由我们主要成员中的一人带领四名随员前去迎候。距离他们的船还有六码时，他们叫我们停住，我们遵从指示。随后我前面描述过的

1. 一种西班牙旧金币，多见于中世纪小说。

那个人便站了起来，用西班牙语高声问道："你们是基督教徒吗？"我们回答："是的。"对这个问题我们并不感到担心，因为之前我们已经在他们的公文上看到过十字架的标记了。听到我们的回答，那人举起右手，指向天空，又慢慢把手放到嘴边（这是他们感谢上帝时所用的动作），然后说："如果你们能发誓，所有人，都以救世主功绩的名义发誓，发誓你们不是海盗；而且没有流过血——在过去的四十天内，不论是合法的还是非法的——那么你们就可以取得上岸的许可。"我们说："我们大家都愿意发誓。"接着，与他同来的一个人，（看上去好像）是个公证员，便将这一切都记录了下来。记完之后，那位大人物向他的另一名随员（也跟他在同一条船上）耳语了几句，那随员便高声说："我的主人让我告诉你们，他不上你们的船不是因为傲慢，也不是因为自大，而是因为你们在复函中声称你们中间有许多病人，本城的卫生监督告诫他要与你们保持距离。"我们向他鞠了一躬，回答说："我们是他谦卑的仆人；他为我们所做的一切给我们带来了无上的荣光，展现了罕见的人道主义；而且幸运的是，我们的人所得的病也并不传染。"于是他就回去了。过了一会儿，那名公证员来到了我们的船上，其中一只手里拿着一个他们国家出产的水果，形状像橙子，颜色介于橙黄色与猩红色之间，散发着一种极为出挑的香气，（应该是）作为消毒剂起预防感染的作用。他把誓词教给了我们："以耶稣及其功绩的名义。"之后他告诉我们，第二天早上六点钟，他们会派人来接我们，把我们接去"异客院"（他是这么叫的）。在那里，我们会获得必要的救济，不论是健全者还是伤病员。说完他便离开了我们。我们主动提出要送他一些皮斯托尔金币，他笑了笑，说："一份差不拿两份钱。"那意思（据我猜测）是他的国家已经为他所提供的服务支付给他足够的报酬了。因为（我后来才了解到）他们把给官员好处费称为拿两份钱。

第二天清晨，之前来过我们这里的那位官员就拿着手杖早早地来到了我们这里，他对我们说：他是来带我们去异客院的。而且这么早来是因为这样我们接下来的一整天时间就都可以去办我们自己的事了。“因为（他是这么说的）要是你们愿意听我的建议，就先派几个人来同我一起去看看地方，考虑一下怎样把那地方弄得对你们更方便一些，然后再来将伤病员，以及你们的其他人接上岸。”我们对他表示了感谢，并说，上帝会奖赏他，因为他对我们这些可怜的陌生人所展现出的关怀。于是我们有六个人跟他上了岸。上岸后，他走在最前面，并转过身来对我们说：他只是我们的仆从、我们的向导而已。他带领我们穿过三条不错的街道。一路上，两旁聚集了不少人。他们站成一排，态度非常礼貌友好，就好像根本不是来围观的，而是在列队欢迎我们。而且在我们从他们身旁经过的时候，他们中的一些人就将手臂微微向前伸出，这是他们用来表示欢迎的姿势。异客院的建筑漂亮而宽敞，砖瓦结构，砖块的颜色比我们的显得更蓝一些，窗户的造型也很漂亮，有些装着玻璃，有些糊着油麻纱。他先带我们到楼上一间漂亮的客厅，并问我们共有多少人，多少伤病员。我们回答说：“我们共有五十一人，其中伤病员十七人。”他让我们耐心在原地等待，他去去就回。大约半个小时后，他带我们去看了为我们准备的房间，一共十九间。他们分配的房间中的四间（看起来）比其他的要好一些，应该是用来接待我们当中的四位要人的，每人一个单间，其余十五间给我们剩下的人住，两人一间。那些房间都很漂亮舒适，布置得井井有条。接着，他带我们来到一条长廊，那里的布置有点像学生宿舍，他给我们看了走廊的一侧（另一侧只有墙和窗户），那一侧有十七间小间，非常整洁，中间用柏木板隔开。整条走廊共有四十间小间（远超我们的需要），是一间为患病者设立的诊所。他还跟我们补充说明，我们的伤病员只要康复，就可以离开这里住进客房。为此，除了之前提到的那些房间外，他们还多预备了十间客房。做完这些，他带我们回到客厅，微微举起他的手杖（这是他们发布命令时的惯用动作），对我们说："你们应该了解这里的习俗，今明两天之后（这两天时间给你们用来转移船上的人员），你们应该在室内待三天，不要出门。不过不要担心，也别以为自己遭到了软禁，这是为了让你们好好休息调养。你们的一切需求都会被满足，我们还派了六个人，帮助你们处理各种必要的事务。"我们满怀敬意诚心实意地向他表示感谢，并说："上帝果然在这片土地上显灵了。"我们表示要送他二十皮斯托尔，但他只是笑了笑，说："怎么？两份钱吗？"说完就离开了我们。不一会儿，我们的晚餐就送来了，有面包有肉，制作精良，比我知道的任何一所欧洲大学的伙食都要好。我们还品尝了三种不同的饮料，全都健康而美味：一种是葡萄酒；一种是粮食酿造的酒，有点像我们的麦芽啤酒，不过更清冽；还有一种果酒，是用他们本地产的一种水果酿制的，口感清新美妙。此外，他们还给我们送来了大量猩红色的橙子供我们的伤病员食用。这种水果（据他们说）对治疗在海上得的病有奇效。他们还给了我们一盒灰白色的药片，让我们的伤病员服用，每晚睡前一粒，（据他们说）能够加快康复的速度。第二天，经过一番劳顿，我们将人员和货物从船上搬了下来，稍作安置。我觉得有必要把大家都召集到一起谈一谈。集合好后，我对大家说："亲爱的朋友们，我们来看看我们自己，看看我们的处境吧。我们是流落在外的人，就像从鲸鱼肚子里逃出来的约拿，我们也差点葬身海底。现在我们虽然踏上了陆地，但仍是生死未卜，因为我们既远离旧世界，也远离新世界；能否再看到欧洲，只有上帝知道。能来到这里完全是个奇迹，只有更大的奇迹才能带领我们到达彼岸。因此，考虑到我们这一次的获救，考虑到眼下及今后所面临的危险，让我们仰望上帝，检点自身吧。再者，我们周围的这些人都是基督徒，虔诚而慈悲。我们千万不能表现出自己不好的一面，绝不能在他们面前表现出任何恶习或不义之举。还有，他们已要求我们（尽管话说得很客气）在室内隔离三天。谁知道是不是要看看我们的举止行为呢？如果觉得我们表现不好，就立即驱逐我们；如果表现好，就给我们更多时间。那些派来给我们帮忙的人，可能也是在监视我们。因而，为了回馈上帝对我们的爱，也因为我们爱惜自己的灵魂和肉体，请大家好自为之，只要我们对得起上帝，就能赢得这个地方人们的尊重。”所有人都齐声对我的善意告诫表示感谢，并向我保证要头脑清醒、文明礼貌，绝不会做出任何无礼的行为。所以，我们愉快地度过了这三天，也不担心三天过后他们会怎样对待我们。让我们高兴的是，在这三天里，我们伤病员的病情每个小时都在好转，他们觉得自己仿佛是置身于某种神圣的治愈池中，身体恢复得又好又快。

第四天上午，新出现了一个我们之前没见过的人，他也穿着一身蓝衣，与之前的那个人一样，只不过他的帽子是白色的，顶上有个小小的红十字。他也披着一件细麻布的披肩。他走进房间，对我们微微鞠了一躬，然后张开双臂。我们这边则恭顺谦卑地向他行礼致意，因为我们觉得自己将从他那里获得生死的判决。他要求同我们中间的一小部分人交谈，因此我们只留下六人，其余都离开了房间。他说：“论职务，我是这所异客院的总管；论职业，我是名基督教牧师。我此番前来，是为了向你们提供服务，一方面是因为你们人生地不熟，更主要的是因为大家都是基督教徒。有些事必须先告诉你们，我想你们是不会不愿意听的。我们的政府已批准你们在此居留六个星期，如果你们的情况需要更长的时间，我们的法律在这方面也不死板。我毫不怀疑，我本人就可以替你们申请到更长的时间，只要对你们方便。同样需要你们明白的是，异客院眼下很富足，准备也很充分。因为这三十七年间的财政收入都积存了下来：已经有这么多年没有异乡客到来了。所以你们不用担心，你们在此居留期间的一切费用都由国家承担。我们也不会因此而提早赶你们走。至于你们带来的货物，会得到很好的利用，我们可以用货物交换，也可以付给你们金银，反正对我们来说都一样。如果你们还有别的要求，请一定直说，我们的答复一定不会使你们感到难堪。只有一件事我必须向你们说明：如无特别许可，你们所有人都不得离开城墙外一卡兰（相当于我们的一英里半）远的范围。”我们几人用目光交换了一下意见，称赞了一番这慈父般周到的安排，然后回答说，我们不知道该说什么好，因为我们无法用语言来表达我们的谢意；他那崇高而又无偿的援助已让我们别无他求。在我们看来，摆在我们面前的就是一幅在天堂中获得救赎的画面，因为我们刚刚才死里逃生，马上就被带到了一个满是安慰的所在。至于对我们的要求，我们一定严加遵守，尽管我们的心如燃烧般地渴望着要在这幸福而神圣的国度游历一番。我们又补充说，我们一定不会忘记这位可敬的人，更不会忘记这个国家，否则就让我们在祈祷时舌头黏在嘴巴顶上下不来。我们也以最最谦卑的态度，全心全意地拜倒在他的脚下，请求他接受我们作为他真正的仆人，任何一个承担下如此义务的人都有这样的权力。他说，他是一名牧师，只企求获得属于牧师的奖赏——那就是我们兄弟般的爱，以及我们身心的健康。说完他就离开了，眼眶中还饱含着情真意切的热泪，只留下因为他的仁慈而欣悦到不知所措的我们。大家纷纷喃喃自语，说我们就是来到了天使的国度。而天使也确实天天降临在我们身边，给我们送来慰藉，这一切我们根本没有想到，更不敢有奢望。

第二天，大概十点，总管又来到我们这里，一阵寒暄过后，他亲切地对我们说，他是来看望我们的，并要了把椅子坐了下来。我们大概有十个人（其余人要么级别太低，要么就是外出了），也都坐了下来。大家落座之后，他以这段话作为开场："本萨勒姆岛（用他们的语言是这样发音的）是这样的：由于我们孤悬在外，也由于我们对旅行者实行的保密法规，再加上极少接待异乡客，我们对这个世界上有人类居住的大部分地方都颇为了解，但外界对我们却一无所知。知道得越少想问的就越多；另外也是为了消磨时光，所以还是由你们来向我提问吧，这比我问你们问题更为合适。"我们回答说，我们对他表示衷心的感谢，感谢他给了我们这么做的许可。再加上根据我们目前的所见所感，我们觉得在这个世界上没有什么别的东西能比这个幸福国度更值得我们去了解的。不过，除去这些（我们刚刚说过的），考虑到我们来自天南海北，并且都衷心地希望有朝一日能在天国相聚（因为我们双方都是基督徒），我们想要知道的是（考虑到这片土地孤悬海外，与救世主所在的大陆远隔千山万水），来到这里的是哪位使徒，这里又是如何归于基督的？从他脸上的表情来看，他对我们提出的第一个问题极为满意。他说："你们首先提出这个问题，便把我的心与你们紧紧连接在了一起：因为这个问题表明，你们在追寻的首先是天国，因此我很高兴，能先用简要的回答来满足你们。

"大约在我主升天二十年后，伦弗萨（我们这个岛东海岸上的一座城市）的人民（在一个多云而沉静的夜晚）在离岛数英里的海面上看到一个巨大的光柱；不是锥形的，而是柱形，或者说是圆筒型，从海面上升起，一路通向天国。而在圆柱的顶部，人们看到一道巨大的十字光，比光柱本身更加明亮，更加辉煌。面对这样的奇观，城中居民迅速聚集到了海滩上，好奇心让他们乘上一艘艘小船，靠近那奇妙的景象。但当船只驶到距离光柱差不多不到六十码的地方时，他们发现所有船只仿佛都被拦截了一般，不能前进。也就是说，尽管船只可以左右绕行，但就是不能靠近光柱。于是，所有船只都停了下来，仿佛是在剧院中一样，仰望着这奇景，觉得这是天国的讯号。结果呢，其中一艘船上有个智者，来自萨罗门院，这所研究院或者说是学院，我的好兄弟们，就相当于这个王国的眼睛。这个人全神贯注、满怀虔诚地观察着光柱和十字架，又沉思了一会儿，然后就匍匐在地，又跪立起来，举手向天，作了这样的祈祷：'主啊，天空与大地之神，请赐予我们恩典，向我们明示您的造化，与这造化中的秘密；让我们能够明辨（因为这事关人类的世世代代！）神的奇迹、自然的造化、艺术的创作、骗人的把戏或是别的虚幻之物。我在我的人民面前承认并做出证言：此刻我们眼前所见的景象，就是您的手指，是一个真正的奇迹。而根据我们从书本中学到的知识，您从不创造奇迹，除非是为了一个神圣卓越的目的（因为自然的法则便是您的法则，若非为了崇高的目的，你不会逾越这法则），因此我们以最谦卑的心情请求您将这一伟大的预示发扬光大，我们请求您的怜悯，请求您为我们明示这一预示的含义与用途，您既然向我们展示这一奇迹，那就已经是做出了某种暗示。'

"说完这一段祷文，他立刻觉察到，他所乘坐的小船动了起来，不再受到阻拦；而其他船只仍然被牢牢地限制着。他相信这是容许他上前的许可，便轻轻荡起小船，默默驶向光柱。但就在他距离光柱还有一段距离时，光柱和十字光便解体了，光线四散开来，化作满天繁星，很快便消失不见，除了一叶方舟，或者说是一段浮木外，什么都没有留下。那段浮木漂在水中，但却是干的，一点水都没沾；在浮木的前端，也就是朝向他的方向，长着一小节绿色的棕榈枝[1]。智

1. 殉道者和胜利的象征。

者带着万分的崇敬，将浮木拿到船上，那段浮木在他面前打开，露出了一本书和一封信，均写在精制的羊皮纸上，用亚麻布包裹着。书里包含了《新约》和《旧约》的全部典籍，同你们的版本一样（我们很了解你们的教堂里所用的版本），还有《启示录》，另外还有《新约》中的其他一些‘书’，《圣经》成书时还没有写就的，在这本书里也有。至于那封信，是这么说的：‘我，巴多罗买，至高者的奴仆，耶稣基督的使徒。曾有天使带着万分荣光前来告诉我，我应将这一方舟置于奔流入海的河流中。因而我在此做证并宣告：此方舟在我主的意使之下到达陆地之时，那片土地上的人民将即刻获得拯救与和平，获得天父及我主基督的善意。’

“这两份文字材料，不论是书还是信，都还蕴含着一大奇迹，与使徒之言相符，那就是它的语言。因为那个时候，这座岛上除了本地土著外，还居住着希伯来人、波斯人和印度人。不管是谁捧读这书这信，都会觉得就是用他们自己的语言文字所写就的。就这样，这片土地被一叶方舟通过使徒圣巴多罗买所传递的奇迹福音从错误信仰的历史中拯救了出来（正如旧世界的孑遗被方舟从洪水中拯救了出来一样）。”说到这里，他停了下来。一个信使进来把他叫走了。所以那天会面的谈话内容便是这些。

第二天，就在我们刚吃完晚饭的时候，那位总管又来到了我们这里。他先向我们表示了歉意，说昨天他突然被人叫走，但现在可以补偿我们，与我们共度一段时光，如果我们愿意有他的陪伴，觉得这种会面令人满意的话。我们回答说，我们对此非常满意，也感觉非常愉快。因为在听他说话的时候，我们既忘却了曾经经历的危险，也忘却了对未来的担忧；我们觉得，与他相处一小时胜过以往数年的生活经历。他向我们微微鞠了一躬，等我们大家都坐好之后，他说：“那么，还是由你们来提问吧。”一阵停顿之后，我们之中的一人说，有一件事我们很想知道，但又不太敢问，因为害怕显得太过放肆。不过由于他对我们是如此的仁厚（几乎让我们感觉不到自己是外乡人，是他忠诚谦卑的奴仆），我们就斗胆提出这个问题，并在此谦卑地恳求，如果他认为这个问题不适合回答，那尽可以拒绝，但还请原谅我们的鲁莽。我们说，我们认真聆听了他之前所说的每一句话。他说过，我们所在的这方乐土不为世人所知，却很了解世界上的大多数国家。我们确信这是事实，因为他们也通晓多种欧洲语言，并对我们的国情和事务有诸多了解。但是，我们在欧洲（尽管在近代远航四海，也有众多发现）对这座岛屿的蛛丝马迹却没有一丝耳闻……[1]

"大约一千九百年前，统治这座岛的是位国王，他比起任何其他国王都深受我们崇拜；并非出于迷信，而是出于对一个凡人所拥有的超凡能力的崇敬。他的名字是萨罗门纳，我们尊崇他为我们国家的立法者。这位国王心胸宽广、高深莫测，全心全意地要让他的王国和臣民过得幸福。因此，他开始考虑，这片土地要有多富足，才能自给自足，无须外国人的任何援助。这座岛周长五千英里，绝大多数地区土壤肥力十足；航运也十分发达，不论是捕捞业还是港口之间的交通，还有通往距离不远处的几个小岛的航运，那些小岛也处在同一位国王的统治之下，遵守同样的律法；他还想到了这片国土当时所处的幸福、兴盛的状态。因此，让局面变坏的路子可能有千万条，但让局面变得更好的路却极为鲜见。所以要实现他那崇高的英雄主义目标，别的都不需要，只要（在人类远见所能达到的范围内）尽可能地延续他业已建构起的长治久安就行。于是他在王国的各种基本法规中制定了禁止外国人入境的相关法令，这些法令我

1. 此处后面若干段落在节选时被从略。

们现在还在执行。当时（尽管是在美洲的灾难[1]发生之后）与外国人的接触还是很频繁的，我们对于他们古怪的行为举止持怀疑态度。不错，禁止外国人未经许可入境的类似法规在一些国家的古代法律中早就有了，而且一直沿用至今。但这么做并不好，结果就是把他们变成了一个奇怪的、无知的、可怕的愚蠢国家。我们的立法者制定法规则是出于另一种倾向。首先，一切人道主义的要点都被保留，以便进行交易和救助遇险的外国人；这一点你们已经有所体验了。”听到这里（如人之常情），我们大家全体起立，向他鞠躬致意。他继续道：“那位国王还想把人道主义与政策统一起来。他认为，不考虑外国人的意愿就将他们扣留是违反人道主义的；而让他们回去，告诉别人他们所发现的这个国家的情况又违反政策，于是他制定了这样的措施。他规定，对那些被准许登陆的外国人，不论在任何时候只要他们想离开就让他们离开；但只要他们愿意留下来，就提供给他们非常好的条件，以及在这片国土生存下去的手段。正如他所预见，规定出台至今已过去了这么久，在我们的记忆中，没有一条船返回；至于人，前前后后只有十三个，选择乘我们的货船回了母国。这些人回去之后说了什么，我不知道。不过，你们肯定会觉得，不论他们说了什么，都只会被人当作天方夜谭而已。至于我国的人到世界其他地方旅行，我们的立法者认为还是禁止为好。所以这里不像之前提到的那些国家。他们的船想去哪儿，或者说能去哪儿，就去哪儿。这只能说明，他们禁止外国人入境的法律是出于胆怯和恐惧。不过我们的限制有一种例外情况，这一点值得称道；能获得同外国人交往的好处而又避免损害，我这就给你们详述。在此之前我先说几句题外话，不过你们随后就会发现这些话也不是毫不相干的。

1. 该英文版节选时跳过了这部分内容。大致说美洲即传说中的大西洲，原有众多人口和国家，被上帝降下洪水消灭。

你们应该理解，我亲爱的朋友们，在我们那位国王的所有英明决策之中，有一条最为杰出，那就是建立起了一个机构，或者说一个会社，一个社团，我们称之为‘萨罗门院’，我们认为，在地球上出现过的所有组织中，这是最为崇高的一个，是我们这个王国的指路明灯。萨罗门院致力于研究上帝的功业与造物。有的人认为，这个机构的冠名人姓氏似乎有点错误，应该叫所罗门院才对。不过文献记载的读音就是这样。我认为，那些人指的应该是那位希伯来国王。这个人物你们都熟悉，我们也不陌生；因为我们有一些他的著作，在你们那里已经失传了；主要是他所著的关于各种植物的博物史，从利巴努斯雪松到墙上长的苔藓，以及所有具有生命和运动的事物。这让我觉得，我们的国王认为，自己在诸多方面与这位希伯来王具有可比性，虽然这位希伯来王生活在他之前的很多很多年。于是他用这位希伯来王的名字命名了这个机构，借以表达对前者的敬意。另有一种观点我也颇为赞成：因为我曾在一些古籍中发现，这个会社，或者说社团，有时候也被称作所罗门院，有时候还被称作六日功绩院。因此，我颇为满意地发现，我们那位贤明的君主从希伯来人那里了解到，是上帝创造了这个世界，以及世上的万物，所有一切功绩都在六日内完成；因此他创建了这个机构，去探索万物的本质，以进一步彰显上帝造物中的荣耀，也让人类能更好地利用大自然的果实。这也就是第二个院名的由来吧。不过，先回到我们之前的话题。国王禁止他的人民航行到任何不在他统治之下的区域后，又制定了一条法令：每隔十二年，本王国将派出两艘船，作数次远航；每艘船上都应当有一个使团，由三名萨罗门院的同人或者说是兄弟组成，他们的使命就是前往所派的国家，收集有关这些国家国情与各项事务的情报，尤其是各地在科学、艺术、生产、发明等方面的情况；并为我们带回各种书籍、工具、模型等等。至于船，把人送到后就要返航，而萨罗门院的兄弟则需要留在海外，直到新的任务下达。船上除了给兄弟们的给养外，没有什么别的东西，里面有供他们使用的大量财宝，方便他们购买前面提到的东西，奖赏他们认为应当奖赏的人。现在，我该告诉你们那些粗俗的水手要如何在陆地上避免被人发现了吧？他们要如何准备好随时上岸，用其他国家的名字来伪装自己，航程都规划了什么路线，接受新任务的集合点都在哪儿，以及诸如此类情况的应对练习。这些我是不会说的，你们应该也不想听。不过你们应该已经可以明白，我们还是维持了对外贸易，不为金银，不为珍宝，不为绸缎，不为香料，也不为其他类似的物质商品，只是为了上帝最初的创造——神圣之光[1]；我要说，有了光，才有了世界各个部分的发展。”……[2]

三天后，那位犹太人又来到我们这里，他说：“你们真是有福之人。萨罗门院的长老知道你们来了，命令我来告诉你们，他准备接见你们全体人员，并同你们中的一位进行私下会晤，人选由你们自己选定。时间就定在后天。因为要向你们传达他的祝福，他就将时间定在了午前。”我们按照定好的时间前去赴约，我本人也被我的同胞们选为私下会晤的代表。我们在一间装饰得不错的房间内见到了长老。房间里有很多挂饰，脚下还铺着地毯，但并没有很彰显阶级。他的宝座不高，但装饰精美，头顶上还悬着花式富丽的蓝缎幔帐。他没有随从，只有两名仪仗，分立在他的左右，穿着精致的白衣。他的内衬衣与他上次在战车上穿的那件类似，只不过他没穿长袍，而是将一件带斗篷的披风系在身上，也同样是那种质地精良的黑色面料。进去后，我们按照事先被告知的那样，首先深鞠一躬。等我们走近他的座椅，他站了起来，脱去手套，向我们伸出手，摆出祝

1. 指真理。包括理性和感性认识，以及信仰（良知）。
2. 此处后面若干段落在节选时被从略，包括下文“犹太人”的出场。

福的姿势。我们每个人都弯下腰，去亲吻他的披风下摆。这一切都结束后，其他人便离开了，只留下我一个。接着，他示意仪仗离开，让我在他身旁坐下，然后用西班牙语说了下面的话：

“上帝保佑你，孩子。我将把我拥有的最伟大的珍宝给你。为了上帝和人类之爱，我要把萨罗门院的真实情况告诉你。孩子，为了让你了解萨罗门院的真实情况，我将按顺序来说明。第一，我将向你介绍我们建院的目的。第二，我们为完成工作所准备的装备和设施。第三，分配给我们研究人员的工作职能。第四，我们所遵循的法规与惯例。

“我们建院的目的是要探寻万物的因由，了解事物隐藏的动机，尽可能地扩大人类王国所能影响的范围。

“装备设施有这些。我们有几种深度不同的大型深穴，最深的挖到了地下六千英寻；还有一些从大山丘下挖了进去；这样，如果你同时计算山高和洞深，那么，两者相加，其中有些洞穴的深度就超过了三英里。因为我们发现，山的高度与从地平面算起的洞的深度其实是一回事，两者都同样远离太阳和天上的光束，远离露天的环境。我们把这些洞穴称为低洼区，并把它们用于冷凝、硬化、冷藏和尸体储藏。我们也用这些洞穴来模拟天然矿藏，按成分将原料埋藏在地下，生产新的人造金属。有时候（你们可能会觉得很奇怪），我们还用这些洞穴来治疗一些疾病，延长人的寿命。有一些自愿居住进去的隐士，携带充足的生活必需品，确实在那里活了非常长的时间；通过对他们的研究，我们也学到了很多东西。

“我们有几个洞穴用来埋葬死者，里面用水泥加固，就像中国人筑的瓷窑那样。不过我们的式样更多，其中有些也更为美观。我们还有多种堆肥和土壤，能让土地结出更丰硕的果实。

“我们也建筑了高塔，最高的有半英里高，有些也建在高山上，这样山的高度加上塔高，最高的至少有三英里。我们把这些地方称为高耸区。高耸区与低洼区中间的部分，我们称为中间区。我们根据这些高塔不同的高度和所处的环境，将它们分别用于隔离、冷藏、储藏以及观察天象，比如风、雨、雪、雹；有时候还有火流星。这些高塔之上的某些地方也有隐士的居所，我们也不时地去看望他们一下，指导他们要观察什么。

“我们有几个大湖，咸水、淡水都有，用来饲养鱼禽。我们也用这些湖来埋葬一些自然物。因为我们发现，埋葬在土中、地下的空气中和水中的事物是不同的。我们还有池塘，有些能从咸水中滤出淡水，也有些用人工方法把淡水变成咸水。我们在海洋中有一些岩岛，在海边还有一些海湾，用来进行某些工作，需要空气和海水蒸气的那种。我们还有急流飞瀑，可以做多种用途；同样也有用来成倍放大风力的引擎，可做多种用途。

“我们也有人造水井与泉水，用来模仿天然矿泉水和浴场，水中含有矾、硫、铁、铜、铅、硝等多种矿物质；同样，我们也有用作注射的小型水井，这些井中的水比普通容器中的水流速更快、水质更好。其中一处水源，我们称之为‘天堂之水’，之所以起这个名字，就是因为那泉水特别有益健康，可以延年益寿。

“我们建有特别宽敞的场馆，用于模拟演示天象，如雪、雹、雨，还有一些人造的东西，不光是水、雷、电，还有其他凭空创造的东西，比如青蛙、苍蝇以及其他东西。

“我们也有一些小厅，称为康复室，那里的空气按照我们的想法经过处理，更适合治疗各种疾病，维护身体健康。

“我们还有漂亮的大浴池，混合多种材料，用来治疗各种疾病，消除身体疲劳，另有一些浴池用来强健筋骨、增强身体关键部位，维持体液和身体物质平衡。

“我们还有不同的大型果园跟花园，主要不是用来欣赏美景，而是试验不同的土壤土质，与种植不同的树木药材相匹配；除了葡萄园外，还有一些园子占地特别宽广，种植有树木浆果，用来制作各种饮品。在那里，我们实验各种嫁接、移植方法，也把野生树木培育成果树，取得了不错的成效。我们还使用人工方法，在这些果园和花园中，让树木和花草提前或推迟花期，果实结得比自然状态下更多更快，更大更甜，口味、气味、颜色、特性与自然状态更加不同。而且其中很多经过我们的处理还具有了药用价值。

“我们还有办法让多种不同植物在混合土壤中不用种子就能生长，并培育出新品种，与普通的物种不同，能从一种树木或植物变成另一种。

“我们还有许多公园和围场，豢养着各种野兽和鸟类；我们不仅可以观赏这些动物，也能保护它们，同时也能对它们进行解剖和实验，揭示人类身体的奥秘。我们从中发现了许多奇妙的现象：比如摘除或拿走你认为的一些关键部分，生命仍然可以延续；复活某些看起来已经死亡的动物，诸如此类。我们还在他们身上试验了各种毒物及药物，同时也试验了外科手术等物理手段。我们使用人工手段使它们变得比正常水平更大或更小，或者使它们侏儒化并停止生长；我们让它们变得比正常水平更多产，后代更多；或者让它们绝育，失去传代能力。同样，我们也让它们在颜色、外观、行为等诸多方面发生改变。我们发现了让不同种类进行混合杂交的方法，并以此生产出许多新物种，并且这些新物种并没有像传统观念认为的那样，会不孕不育。

“我们造出了数量不少的各种蛇类、虫类、蝇类和鱼类，其中一些（事实上）已发展到近乎完美，与兽类和禽类一样，有性别、能繁殖。我们能做到这些并非出于偶然，我们事先就知道该混合哪些物质，能制造出什么样的生物。

“我们也有专门的池子，用来做鱼类的实验，就跟前面说的兽类和鸟类实验一样。

“我们也有专门的地方用来培育繁殖那些虫类和鱼类，它们有特殊用途，就像蚕和蜜蜂对你们有特殊的用途一样。

“我们不想占你们太多的时间来一一叙述我们的酒厂、面包房和厨房。在那些地方，我们制造各种饮料、面包和肉食，各种稀有品种都有。我们有葡萄酒，还有其他水果、粮食、根块酿造的酒，混合着蜂蜜、糖、甘露、干果的饮料，以及加了树脂和甘蔗汁的饮料。这些饮品可储存很多年，有些酿造年代久远，有些就是过去四十年间造的。我们在一些饮品中加入了数种草药、根块和香料；还有些饮品加入了红肉，有的加入了白肉，这类饮品兼具肉味和酒味，所以有些人，尤其是上了年纪的人，很喜欢饮用这种饮料，很少或干脆不吃肉和面包。除此之外，我们还设法酿造出了含有极微小颗粒的饮品，那些颗粒可以被身体吸收，不用穿刺或划破肌肤。取一些滴在手背上，稍过一会儿就会渗透进去，而喝起来口感又极为温和。我们还有各种水，用特殊的方法让水成熟，增加营养，变成极美味的饮料，很多人就再也不想喝别的了。面包由多种谷物、根块和果仁制成，有些还加了肉干和鱼干，有的加了各种辅料，有些面包能使人食欲大增，有些面包营养丰富。所以有些人就靠吃面包活着，也不用吃其他肉，而且还能活得非常久。说到肉类，有些肉我们反复捶打，做得非常嫩，经过陈化，但不完全腐败，很好消化。当然也有些用高温烹煮的肉。我们还有一些肉、面包及饮品，只要吃下去，就能很长时间不用吃东西；还有另外一些，只要吃下去，就能让身体变得更加结实强健，力量也比普通人明显大出一截。

“我们有药房，就是卖药的地方。在那里，你们很容易就能想到，既然我们有那么多种类的植物和动物，比你们欧洲的还要多（就我们所了解的情况），那我们的草药、成药及成分药一定也更丰富。我们的药物也有各种不同年份的，有些经过了长时间的发酵。至于药物的制备，我们不仅有各种精制、蒸馏和分离方法，还有特别的文火加热法，以及使用不同滤器和不同组分的渗滤法。我们还能合成化合物，成分几乎与天然形成的药物完全一致。

“我们还有各种你们没有的机械设施；还有用这些机械制造出来的东西，比如纸、麻、丝、绢、光泽耀眼的精制羽制品、优质染料以及其他很多东西；还有各种店铺，有些出售日常用品，有些出售非日用的物品。因为你们一定也知道，前面列举的这些东西，很多都已经在我们的王国外流行了起来，不过凡是从我们这里流传出去的，我们都会保有样本和制造方法。

“我们也有各种用途的熔炉，能维持不同的温度，有快速猛烈加温的，有持续保持高温的，有始终保持文火的，有剧烈爆发的，有没有噪声的，有干热的，有湿热的，诸如此类不一而足。不过，最重要的是，我们能模拟太阳的热能，以及其他天体所发出的那种热能，这种热能可以穿过不同的物体，随着能量的环绕、扩展，可以产生非常令人艳羡的效果。

“此外，我们还用粪便，用动物的胃肠食管、血液尸体，用草料湿堆，用生石灰加水等等方法产生热能。我们还有依靠运动就能产生热能的设施。而且，还有隔热性能极好的地方。还有位于地下，通过天然或人工方式就能产生热能的地方。我们有这么多不同形式的热能，可以根据需要进行不同的选择。

“我们也有透视馆，在那里我们演示各种光线与辐射，各种颜色都有。我们可以将无色、透明的东西变成多种颜色展示给你看，不是宝石或棱镜中那种彩虹型的混合七色，而是一个个单色。我们还能把光线聚焦，传送很远的距离，并让光变得非常锐利，用来分辨细小的点和线条。我们还掌握了光线的着色法，利用视觉错觉，在外形、大小、运动，还是颜色等方面能做到以假乱真，用影子演示各种东西。我们还发现了多种你们还不知道的手段，从各种物体中制造出光线。我们找到了办法，能看到距离很远的物体，比如在天上或遥远地方的东西；并把远的东西变近，近的东西变远，制造虚假的距离。我们还有辅助视力的手段，比现在的眼镜要好用得多。我们还有用来观察非常细小物体的眼镜，效果完美而清晰；小苍蝇、小虫子、谷粒的形状颜色，宝石上的瑕疵等等平时看不见的东西都能看清；小便、血液这种平时观察不了的东西都可以观察。我们还能制造出人工彩虹、光晕和光环，也能把物体的可视光线进行各种反射、折射和聚焦。

“我们还有珍贵的宝石，各种各样的都有，其中很多都非常美，而且你们从未见过；还有水晶之类和各种不同种类的玻璃；这当中除了你们制作的那种玻璃，还有玻璃化的金属，以及其他材质制成的玻璃。还有很多种化石，以及发育不完整的矿藏，这些你们都没有。同样还有品质惊人的磁石，以及其他稀有石料，有天然的，也有人造的。

“我们也有音响馆，在那里我们练习演示各种音响，研究声音的生成。我们有你们没有的和声，四分音和声或者滑音更少的和声。很多种乐器也是你们没有的，有些能比你们的乐器奏出更动听的声音，铃声钟声清脆而甜美。我们能将细小的声音变得洪亮低沉，也能反其道而行之。我们能制造各种颤音和抖音，其本源本身就是完整的。我们制造各种禽类和兽类的鸣啼吼叫。我们还有辅助设备，戴到耳朵上就能听到更远处的声音。我们还能制造出各种奇妙的人工回声，让声音多次反射，循环往复，有些让返回的声音变得比原来更响亮，有些则更尖锐或更深沉。嗯，有些还能渲染声音，让接收到的声音在发音吐字上产生变化。我们还有手段，能将声音用各种管道和奇异的线路传送到远方。

“我们也有香味馆，在那里我们还进行调味试验。我们增强那些可能会让人感觉奇怪的气味。我们模拟气味，将几种气味混合起来，产生新的气味。我们也模拟各种不同的味道，能够欺骗人的味觉。这座馆里还有间果酱室，我们在里面制造各种蜜饯，干的、湿的都有，还有各种不同的葡萄酒、牛奶、肉羹和沙拉，比你们拥有的种类要多得多。

“我们还有引擎馆，在那里我们制造各种引擎和动力机械。我们不断模拟、实践，实现了你们都望尘莫及的运动速度，不论是你们的滑膛枪还是你们的引擎都达不到。我们制造动能，增强动能，使用转轮与其他手段，施加一点点力，很容易地就能让设备运转起来。我们的设备比你们的力量更强、输出更猛烈，远超你们最大的加农炮和蜥炮[1]。我们也制造战争装备和各种用途的引擎，还有新型的合成火药，能在水里燃烧，无法扑灭，以及各种烟花，可供娱乐也可作实际应用。我们还能模仿鸟类，在空中完成一段飞行。我们有各种船舶，能在水下行驶或在水面上漂流，还有辅助游泳的背带和其他设施。我们有各种奇异的时钟和其他类似的锤摆物，其中有些是永动的。我们还能模拟多种生物的运动，比如人、兽、鸟、鱼、蛇。我们还有大量其他类型的运动物，精妙无比，巧妙绝伦。

“我们还有一间数学馆，里面有各种仪器，天文的地理的都有，都制作精良。

“我们还有专门制造各种假象的场馆，在那里我们展示各种奇

1. 欧洲近代的一种大型长管火炮，后一段时间也被用来泛指大型加农炮。

妙的戏法，展示幻像、错觉与骗术。当然你们不难想象，既然我们拥有如此之多引人钦佩的自然之物，我们也能制作出鱼目混珠、以假乱真的假象。不过我们确实憎恶欺骗和谎言，因此我们严厉禁止同胞之间不诚实的行为，违者需承受名誉和金钱上的损失，所以大家在展示天然之物时都不会加以修饰夸大，而是以其天然本色示于人前。

“孩子，这些就是萨罗门院的财富。

“为了我们各部门、各办公室同人的需要，我们选派了十二个人以他国的名义（隐藏了我们自己的面目）远航去外国，为我们带回各种书籍、摘要或其他地方的实验设计。我们称他们为光之商人。

“我们有三人专门去搜集书本中谈到的各种实验，我们称他们为掠夺者。

“我们有三人专门去搜集机械制造技术、人文科学以及尚未投入应用的各种实验成果，我们称他们为奥秘之人。

“我们有三人专门尝试新实验，只要他们认为合适就可以，我们称他们为开拓人或采矿人。

“我们有三人专门负责把前面提到的四组人所做的实验分类制表，以便更好地观察，从中得出原理，我们称他们为编辑。

“我们有三人专门负责伏案研究同事们已经做过的实验，研究如何从中总结出东西，应用到人类生活上，增进人类知识；他们也探究事物的因果，研究预测自然的手段，探究人体的特性与结构。我们称他们为捐赠人或施恩人。

“然后经过全体成员多次会议讨论，研究前述已取得的成果和资料，我们再委派三人专门负责进行总结并筹划新的、更高层次的实验，比原先的探索更为深入，我们称他们为掌灯人。

“我们另有三人专门负责执行上述新筹划的实验，并报告实验结果，我们称他们为接种人。

“最后，我们有三人专门负责通过实验把前面提到的各种发现再进行提升，得出观察结论，形成箴言警语，我们称他们为自然诠释人。

“你们一定会想到，我们还有助手和学徒，协助前述人员取得成功，除此之外还有大批侍从帮工，男女都有。我们还做这些事：进行会商，研究哪个新发明新发现可以发表，哪个不可以，并发誓绝不透露我们认为应该保密的那些：其中一些内容我们会在合适的时候向全国公布，而另一些则不会。

“按照条令和礼节规定，我们有两条漂亮的长廊，其中一条长廊展示那些特别难得和杰出的发明创造；另一条展示重要发明发现人的雕像。那里有哥伦布的雕像，他发现了西印度群岛；有船的发明人的雕像；有发明了火器和火药的修道士[1]；有音乐的发明人；有字母的发明人；有印刷术的发明人；有天文观测的发明人；有金属加工的发明人；有玻璃的发明人；有丝绸的发明人；有葡萄酒的发明人；有谷物和面包的发明人；有糖的发明人……所有这些，我们这里的传承记述要比你们的可靠得多。而且，我们还有很多只有我们有的东西的发明人，这些卓越之物你们都没见过，因而也不好向你们描述；再说，就算正确描述了你们也很容易错误理解。对于每一种有价值的发明，我们都为发明者塑像，给他精神和物质上的奖励。这些雕像有铜的，有大理石的，有试金石的，有杉木或其他特殊木材并加以装饰的，有铁的，有银的，还有金的。

“我们还有一些赞美诗和祷文，我们天天吟诵，大声赞美上帝并感谢他的杰作。我们还有其他祈祷仪式，请求上帝的帮助，乞求他

1. 欧洲当时认为火药是约 13 世纪由欧洲一些从事炼金术研究的修道士们发明的。

的祝福，让他启发我们的工作，将其转化为更美好、更神圣的用途。

“最后，我们有巡回团和访问团，来自本王国各主要城市。我们将一些我们认为有益的新发明在其中公布。我们还预告自然灾难，如疾病、瘟疫、虫害、旱情、雨情、地震、洪水、彗星、当年的温度，以及其他许多事情；我们还据此提供咨询意见，告诉人们如何防灾救灾。”

说完这些，他站起身；而我，在虚心聆听后，跪倒在地。他把右手放在我的头上，说：“上帝保佑你，我的孩子，保佑我与你之间建立的关系。我授权你，为了他国的需求，可以公布我所说的话，因为我们处在上帝的心脏之地，外人未知之地。”说完他就离开了，并给我和我的同胞们留下了大约两千杜卡特[1]金币。这是因为他们在各种场合都会进行大笔的施舍。

（其余部分尚未完成。[2]）

（Leonaries　译）

1. 欧洲古代流行的一种金币。
2. 培根于 1626 年去世，次年本书前面的部分由他的遗嘱执行人出版。

新宇宙观与另一次月球之旅

公元1世纪，希腊天文学家托勒密[1]按照亚里士多德和柏拉图一直坚持的说法，将地球放在宇宙的中心，其他行星、太阳甚至是恒星都围绕地球运转。英文中的“宇宙”一词就是由此而来。托勒密的宇宙观让地球和人类显得非常重要。因为这一点，也因为这种宇宙观契合《圣经》中关于创世的概念，还因为数学上精巧的本轮和均轮系统[2]让这种宇宙观可以足够精确地预测行星的运动，天主教教会接纳了托勒密的宇宙观，千年间一直强有力地捍卫着它。

但是这种宇宙观需要一个假设出来的复杂结构才能保持微妙的平衡。波兰天文学家哥白尼首先向这种学说发起了进攻。他提出，如果地球和行星都围绕太阳运行，系统不就更简洁了吗？他的理论以手稿的形式流传了许多年，直到去世前才被允许出版。直到1835

1. 希腊数学家、天文学家、地理学家、占星术士。其著作《天文学大成》系统地论述了截至他所生活的时代，人们所获得的天文学知识。

2. 在地心说之中，地球位于宇宙中心，其他天体都围绕地球运行。但这和在地球上观测到的行星运动规律不符（因为其他行星实际上是绕着太阳运行的）。为了解决这个问题，古希腊学者们提出了本轮均轮系统，认为在宇宙模型之中行星并不是直接围绕地球运转，而是处在一个“本轮”之上，围绕着本轮的圆心运转，而本轮的圆心围绕地球运转（本轮圆心的运行轨迹被称为“均轮”）。

年,《天体运行论》一直被天主教教会查禁。在某种意义上，科学革命正始于哥白尼。人类和地球不再处于万物的中心，它们不再重要，其独特性也不复存在。作为补偿，科学赋予了人类一种新的力量，人类可以控制自身的命运，控制自己所处的世俗环境。

哥白尼从未通过望远镜进行观察。伽利略制造了一台望远镜，并报告了他观察到的结果。宗教法庭逼迫伽利略宣称他放弃了地球围绕太阳运行的异端邪说。伽利略的研究工作由德国的约翰内斯·开普勒继续进行。

开普勒接受的是神职教育，但在他职业生涯的早期，就被公认为一名杰出的数学家。很快，他就转而从事科学教育和天文学研究。他接受了哥白尼的观点，在年迈的丹麦天文学家第谷·布拉赫手下工作，并继承了布拉赫对行星视运动的天文观测资料，最后，他用知名的行星运动三定律对这些资料做出了解释[1]。

文艺复兴时代的科学家大多需要贵族的保护和支持，开普勒为两位神圣罗马帝国皇帝担任过宫廷天文学家。尽管如此，他还是经常遇到财政上和其他方面的困难。和许多与他同时代的人一样，他的观念之中常常会有中世纪的神秘主义和现代科学的奇异结合。比如说，作为宫廷天文学家，他常常为皇帝和其他人占卜星相，而且他相信天体之音[2]理论。但是他发现行星的公转轨道是椭圆，太阳处在椭圆的一个焦点上，这个发现宣告了古希腊天文学的终结，并动摇了占星术的理论基础。

1. 在此之前，天文学家普遍认为行星绕太阳运行的轨道是正圆。因为主要行星绕日运行的轨道确实非常接近正圆，人们一直没有注意到这个理论的问题。第谷·布拉赫对行星进行了非常细致和精密的观测，并积累了巨量的观测数据。在布拉赫去世后，开普勒整理了老师的观测数据，从这些精确翔实的观测数据之中察觉了正圆轨道理论的问题，最后发现了行星以椭圆轨道绕日运行的事实，并总结出了开普勒行星运动三定律。

2. 古希腊数学家、哲学家毕达哥拉斯提出的理论。他认为，各个星球和太阳都沿着圆形轨道围绕地球运行，各个轨道之间的距离暗合音乐理论，这些星球和太阳围绕地球运行的频率会组成和谐完美的乐章。

开普勒对科幻小说的发展也做出了贡献。《梦，或曰月球天文学》(以下简称《梦》)看起来像是迷信和科学的奇怪混合体，但是其中提到的魔鬼和巫术很大程度上只是隐喻。开普勒还可能想到过，比起其他手段，通过魔鬼的帮助前往月球只是稍微更不现实一些，而从神学的角度来说，这种手段比其他严肃的物理手段还要安全。

然而，开普勒塑造的主角在登上月球之后，所遇到的是开普勒的设想中确实存在于月球之上的各种状况。开普勒承认他受启发于琉善，但除了都涉及月球，他们的故事没有什么共同点。开普勒和琉善都不是为了讲述一个精彩的故事而把他们笔下的人物送上月球的，但在这些人物抵达月球之后，琉善开始讽刺，开普勒则是开始描写他心目中一位真实的太空旅者的遭遇。

《梦》一书仍然很少有惊险刺激的情节，但书的创作目的却越来越接近科幻小说。

《梦》，即“一场梦境”，著于1610年前后，只在非公开的渠道传阅。这本书可能是开普勒的母亲在1620年因巫术而被逮捕的原因(尽管她确实有涉足神秘学的名声)。在开普勒设法让母亲获释后不久，母亲就去世了。也许依靠魔鬼作为推动力终究还是不太安全。本书直到1634年才正式出版，此时开普勒已经去世四年。

(赵佳铭　译)

梦，或曰月球天文学（节选）

［德国］约翰内斯·开普勒

1608年皇帝鲁道夫[1]与其弟马蒂亚斯大公[2]有过一次激烈的冲突，他们的行为勾起了人们对波希米亚历史上此类先例的记忆。在广泛传播的公众兴趣的刺激下，我将注意力转移到阅读波希米亚的相关内容上，由此偶然读到关于一位女中豪杰莉布丝公主[3]的事迹，她以法力超群而闻名。故事发生的那天晚上，我观测完群星与月亮后，回到床榻就寝。我陷入了深深的沉睡，在睡梦里，我似乎正在阅览一本仙子携来的图书，书中内容叙述如下。

我的名字叫德拉库特斯，家乡位于冰岛，古人们也把那儿称作“极北之地”。我的母亲是菲欧克斯希尔德。她不久前的仙逝使我终获写作的自由，这是我长久以来希冀去做的事。她活着的那阵儿，总小心翼翼地阻止我去写作。其原因，就她所述，是因为艺术总会遭到歹

1. 即鲁道夫二世，神圣罗马帝国皇帝。——原注
2. 奥地利大公。——原注
3. 正如皇帝鲁道夫的统治受到其弟马蒂亚斯的挑战，莉布丝，这位波希米亚的女统治者，面临着男性领导叛乱风险。莉布丝公主是捷克人建立的普瑞米斯王朝传说中的先祖，在三个姐妹中她最年幼也最聪慧。父皇死后，她继任为女王，之后嫁给了农夫普瑞米斯，建立了普瑞米斯王朝。传说她能看见未来。

人的记恨，他们会恶意中伤自己的愚钝头脑无法理解的东西，并制定有害于人类的律法。有不少被这些律法定罪的人，都葬身在赫克拉山的火山坑里。我母亲从未道明我父亲的姓名。但她提过他是一名渔夫，大约在婚姻的第七十个年头死于 150 岁的高龄（当时我 3 岁）。

在我童年的最初几年，我母亲时常带我登上赫克拉山低处的山坡，她牵着我的手领路，有时也让我高高骑在肩头。这类郊游尤其发生在圣约翰日[1]前后，那时太阳二十四小时全天可见，没有黑夜。母亲遵循一系列繁复的仪式采摘药草，带回家煎煮。她用山羊皮制作小口袋，将其装满再带到附近的港口，售卖给船长们。这是她谋生的方式。

有一次，在好奇心的驱使下，我划破了一只口袋。毫不知情的母亲正准备将它卖掉时，从里面漏出了草药和绣有各式符号的亚麻布。因为我叫她丧失了这一点收入，她怒火中烧地让我替代口袋成为船长的私人物品，好保住钱财。第二天，船长出人意料地驾船驶出港口，借着一股顺风，掉头向挪威的卑尔根市的大致方位驶去。几天之后，北风骤起，船长将船驱往挪威与英国所夹的水域。由于必须将冰岛一位主教的信件递交给居于汶岛的一位丹麦人第谷·布拉赫，他便横渡海峡向丹麦进发。船只的颠簸和对高温的不习惯使我害上了严重的晕船症，要知道我只是个 14 岁的少年。船只抵岸时，船长把我和信件一起交到岛上一个渔夫的手中。表达完将来会返还此地的意愿后，他驾船远去。

我去送信时，布拉赫心情极佳，问了我许多问题。我不理解这些问题，因为除了个别单词，我对这门语言一窍不通。于是他要求自己的学生经常来找我聊天，他赞助的学生数量非常庞大。结果就

1. 人们在圣约翰日庆祝施洗者圣约翰的诞辰，基于开普勒家族的路德宗背景，此处应指 6 月 24 日。

是，在布拉赫的慷慨支持下，经过几周的练习，我的丹麦语说得还算差强人意。我张嘴的意愿可不比他们开口询问的次数少。因为我惊叹于琳琅满目的稀奇事物，他们也好奇我提到家乡时讲述的新奇内容。

最后，船长回来要带我走，但是没有成功，我感到异常开心。

我被天文学研究弄得欣喜到了极点，布拉赫和他的学生们整晚都在用神奇的仪器观测月球和群星。这项研究实践使我想到了母亲，因为她也时常与月球交谈。

通过这个机遇，我这样一个来自半开化国家的穷苦子弟，接触到了最神圣的科学知识，这门学科进一步为我铺就了通往更伟大事物的康庄大道。

在这座岛屿上度过了几年光阴后，我最终屈服于重见故土的渴望。依靠掌握的知识，要从那些落后民众中出人头地，我想这对我已不再是难事了。于是我郑重地拜访了我的恩主，后者给予我离开的许可后，我就去往哥本哈根。我找到了旅伴，由于我对这里的语言和地域都很熟悉，他们很乐意将我置于他们的庇护之下。离开五年之后，我回到了自己的国土。

归家后头一件使我开心的事是母亲依然生龙活虎，还在过着跟原来毫无二致的生活。而我活着且获得了地位，也为她久久不息的悲伤画上了句号，她以为自己因为一时冲动已经失去了这个儿子。那时已临近秋季，我们这儿的漫漫长夜即将到来，因为在耶稣降生的那个月，太阳仅仅在中午露一露面，继而再次西沉。母亲的工作因此中断了一阵，于是她黏上了我，无论我带着推荐信去到哪里，她都寸步不离地守在我左右。她有时询问我到过的国家的情况，有时打听天上的事。她因为我通晓那门学科而高兴得发狂。她将我的论述与自己所学做了比对，然后感叹现在自己死而无憾了，因为她留下一个继承了自己学问的儿子，这门学问是她唯一的所有物。

由于天生对新的知识充满好奇，我反过来向她探问起她的手艺和将手艺传授给她们这群离群索居的人的老师的情况。然后有一天，她为自己的叙述择定良辰，将整个故事从头道来，大体如下：

德拉库特斯，我的儿子，不仅你去过的其他地区拥有种种优越之处，我们的国土也有得天独厚的优势。诚然，我们为严寒、黑暗和其他不便所累，这是在我了解了你所叙其他土地的有益健康的气候之后，现在才有的感受。但我辈不乏聪颖伶俐之人。非常贤明的精灵们也听候我们差遣。他们憎恶他方的阳光普照和人声鼎沸，渴望我们这里的阴暗，与我们亲密交谈。它们中有九位精灵之长，其中一位与我尤其熟络，他是其中最温柔、最无害的，一段二十一个字符的咒语就能将其召唤。在他的协助下，瞬间飞临到我向它提过的其他海岸的事并非罕有；甚或当我被距离的遥远吓跑时，也能通过询问收获身临其境才能获得的信息。你亲眼所见的，听传言所述的，看书本吸收的绝大部分知识，他都讲给我听，就像你此前做的那样。我应该让你作我的旅伴，具体来说，就是去拜访他时常对我说起的那个地方。他谈到它时说了些十分了不起的事。她说出的名字是“纳维尼亚”[1]。

没有片刻耽搁，我同意她召唤她的老师。我坐下来，准备倾听旅行的整个计划和那个地方的介绍。此时已经步入春季，太阳落到地平线下后，一弯新月就开始发光，它连同土星一起落在了金牛座的位置。我母亲离开我的身侧，走到最近的一个十字路口。伴着一声呼喊，她说出了一串单词，她的请求就寄托在这几个词里。完成仪式后，她返回原地，伸出右手掌要求我保持沉默，然后挨着我坐下。我们刚用布料将头部遮蔽起来（依照誓言的要求），就听到一个

1. 希伯来语的“月亮”。

沙哑又模糊的嗓音，用冰岛语滔滔不绝地讲起了下面的故事。

来自纳维尼亚的守护灵

五万德里之上的以太之中横亘着孤岛纳维尼亚。由此而去或由它通往地球的通道很少开启。一旦打开，对我们这一族类是一条通途，但要运输人类却是再困难不过了，恐有性命之虞。我们认可的旅伴绝不会是暮气沉沉、大腹便便、软弱怯懦之辈，相反，我们选择那些勤于磨炼马术，时常远航印度，惯于用硬面包、大蒜、鱼干等糙食充饥的人。我们格外喜欢早年有在夜间骑着公山羊、草耙或破斗篷，熟练地穿梭于地球广袤土地之上的干瘪老妪。德国人一个也不欢迎，身体强健的西班牙人我们不讨厌。

虽说距离遥远，整个旅程至多只需四个小时。由于我们一直诸事缠身，并一致同意只有等月球的东面开始出现月食后再动身，要是我们还在旅行途中月球就恢复了满月，我们的出行就毫无意义了，所以机会转瞬即逝，我们只带少数人类同行，而且只限于对我们最为心悦诚服的那些。选定一个人后，我们就抱成一团，从后面助推，把他送入天空。每次飞升时，被带者都会感到剧烈的冲撞，因为他正如同被火药推向高空般被射入空中，飞越山河大海。因此，旅途之初需要马上用鸦片和麻醉剂来哄他入睡。他的四肢必须被好好安置，防止躯干从臀部撕裂开来或是身首异处，保证冲击力分配至全身。接着就是一个新难题：极寒和窒息的危险。寒冷可以由我们与生俱来的一种能力缓解，呼吸问题就用湿海绵封住鼻腔的方法解决。旅行第一阶段结束后就容易得多了。我们会移开双手，将人类的躯体暴露于外界空间。他们的身体会像蜘蛛那样团成一团，我们就全靠意志来携其同行，所以在最后阶段里这些身体就自动朝着目的地而去。不过这种向前驱动对我们意义不大，因为旅行即将结束了。我之前说过，我们是用意志力敏捷地移动那个身体，从这一阶段开始我们就需要在它前方操控，防止它硬生生撞到月球上而受伤。当这些人类苏醒时，时常抱怨四肢莫名地疲软无力，一段时间后就能恢复行走的能力。

其他重重困难也接连涌现，但要一一列出不免过于冗长。另一方面，我们都毫发无损。我们成群地栖息在地球投下的阴影里，阴影到哪里我们就到哪里。当阴影抵达纳维尼亚时，我们就仿佛一群下船靠岸的人。在那儿的我们会迅速退入洞穴和黑暗的处所，否则一小会儿后太阳的力量就会让室外的我们承受不住，将我们从原先选定的居所中驱赶出来，强迫我们追随后撤的阴影。在那儿的我们有闲暇依照自己的喜好来训练头脑。我们与那个地方的守护灵商议，然后组成了联盟。一旦某个地点开始脱离太阳的掌控，我们就集结好队伍，搬进阴影里。如果阴影的顶点像通常发生的那样抵达了地球，我们就集合力量朝地球飞奔。只有在人类见到日食时，我们才可以这么做。这也是为何日食发生时人心惶惶的原因。

有关前往纳维尼亚的旅程，我已经谈得够多了。接下来我想学地理学家那样，从对于天空的认知开始，说一说那个地方的自然环境。

纳维尼亚人看到的恒星，跟我们眼中的一模一样。只是他们看到的行星的大小和运动方式与我们在这里观测到的迥然不同。因此纳维尼亚的整个天文学体系就显得奇异古怪。

我们的地理学家依据不同的天象，将地球划分为五个区域。纳维尼亚人也一样，他们划分出两块半球。一半叫作“下沃尔瓦[1]”，永

---

1. 月亮是永远正对地球的那个半球。——原注

远能欣赏到沃尔瓦[1]，这在他们那里相当于我们的月亮。另一半称为“上沃尔瓦[2]”，被永远地剥夺了见到沃尔瓦的机会。分割两个半球的环线跟我们的二至圈[3]一样通过天极[4]，被叫作分割线。

我首先要解释的就是对两个半球区域来说最为普通的现象。整个纳维尼亚都和地球一样，有白天与黑夜的交替，却没有昼夜时长的变化。因为在纳维尼亚全境，白天几乎跟夜晚一样长，只是对上沃尔瓦的居民来说，每个白天都极其一致地比黑夜短暂；而对下沃尔瓦的居民来说，正好相反。关于每八年一个周期的变化，我会在之后讲到。太阳在围绕群山转动的时候，有一半的时间隐去身影，一半的时间普照大地，结果在两极恰好造成同样长的黑夜。至于纳维尼亚，它的居民感觉它在运动的群星间保持静止，就像地球给我们的感觉。一个黑夜加一个白天，时长等于我们的一个月，因为在任何一天的清晨日出之时，都会比前一天额外多出几乎一整个新的黄道宫。而对我们来说，一年里太阳有三百六十五次升落，恒星转了三百六十六圈，或者更精确地来说，在四年的时间里，太阳转动一千四百六十一圈，而恒星转了一千四百六十五圈之多。与此类似，它们的太阳一年旋转十二圈，恒星是十三圈，或更准确地说，在八年的时间里，太阳旋转了九十九圈，而恒星是一百零七圈。不过它们对为期十九年的循环更为熟悉，在那段时间里，太阳升起二百三十五次，而恒星是二百五十四次。

当我们见到下弦之月时，太阳正好照亮下沃尔瓦的中部，而当我们的上弦之月出现之际，太阳照耀着上沃尔瓦的中部。我所说的中部应该这么理解，它对应于贯穿天极并且与分割线形成直角的半

1. 指地球，纳维尼亚人对地球的称呼。
2. 月亮永远背离地球的那个半球。——原注
3. 在天球上通过夏至点和冬至点的时圈。
4. 地球的自转轴向天球延伸后，在无穷远处与天球交会的两个假想点。

圆的中部。这些半圆可以被称作沃尔瓦中圈。

两个天极的中间有一个环线，对应我们地球的赤道，你也可以用这个名字指代它。赤道分别与分割线、沃尔瓦中圈两次相交，两对交点处于对称的位置。在位于赤道的所有地方，正午的太阳每日几乎从头顶经过，一年里有对称的两天恰好高悬头顶之上。对其他人，也就是住在从赤道往两极走的两边的居民来说，正午的太阳偏离了最高点。

纳维尼亚也有冬夏的交替，不过不能与我们的季节类比，也不像我们这样，变化都发生在一年里固定的时间与地点。在一个十年的周期内，某个给定的区域里，他们的夏季会从一个恒星年的某一段转向对立的另一段时间。形成这一现象的原因在于，在十九个恒星年的循环周期内，或者说二百三十五个纳维尼亚日里，夏季跟冬季一样，会在两极附近降临二十次，但在赤道上，夏季会出现四十次之多。每年他们有六个夏日，剩下的就是冬日，与我们的月份类似。赤道周围很难感受到这样的变化，因为在这些地区，太阳前后偏离不过五度。季节的交替在靠近极点的地方越发明显，那里的太阳在六个季节变化之月里，不是长久出席，就是隐而不现，跟我们住在两极的情况一样。因此，与我们地球的区域划分相对应，纳维尼亚同样被划分为五个区域，不过它们的热带地区与北极区一样，气温很少高于十摄氏度。余下的区域类似于我们的温带。热带地区贯穿于半球的中部，它的一半经线处于下沃尔瓦，另一半经线穿过上沃尔瓦。

赤道带与黄道带相交形成四个基本点，就像是我们的昼夜平分点与二至点，所有相交处标识出黄道带的起始点。不过从这些起始点开始，依黄道十二宫为序依次排列的恒星移动得十分迅速，因为它们要在二十个回归年（一个回归年包括一个夏季与一个冬季）内移动过整个黄道带。而对我们来说，移动过整个黄道带需要两万六千年。有关第一运动[1]就讲到这里。

他们的第二运动理论与我们的依旧不同，也比我们的复杂得多。原因在于六大行星（土星、木星、火星、太阳、金星、水星）运行所展示出的均差，除了与我们共有的那些，还额外多出了三个不规则的数值。其中两个出现在经向上，一个的周期是一天，另一个的周期是八年半。第三个出现在纬向上，周期长达十九年。在其他条件一致时，中部上沃尔瓦正午时分的太阳比初升时要大，同时下沃尔瓦的正午太阳显得更小。所以他们均认同一点，就是太阳偏离了黄道带，一会儿偏向这边的恒星，一会儿偏向那边的恒星。就像我说过的，这些偏离的幅度会在十九年之后回复到原来的位置。只不过对上沃尔瓦的居民来说，这段时间相对长一点，而对下沃尔瓦的居民来说短一点儿。尽管人们认为太阳和其他恒星同步围绕纳维尼亚做第一运动，但对上沃尔瓦人来说，正午的太阳几乎不会随着恒星一起运动，相反，对下沃尔瓦人来说，太阳在中午移动得很迅速。到了午夜时分，情况正好相反。可以这么说，太阳似乎相对于恒星在做固定的跳跃运动，每天都要跳跃好几次。

同样的现象也出现于金星、水星、火星；至于木星和土星，这些现象几乎无法察觉。

不仅如此，即使是每天的同一个小时里，周日运动[2]也并非匀速。有时太阳或恒星反而会减速，而在相对季节的同一个时刻里，它们运行得更快。不仅如此，还有贯穿了一整年的延迟现象，它时而会出现在夏季的某天，时而会出现在冬季的某天，但在另一年里，却会出现加速现象——不到九年就运行完一圈。因此有时白天会更长

1. 中世纪欧洲天文学认为日月星辰是镶嵌在天球上的，这个天球的运动被称为第一运动。星体在天球上的运动被称为第二运动或者附加运动、次要运动。
2. 因地球自转引起的、以一天为周期的天体视运动。

（由于自然原因的延迟，而非我们地球上由于对自然天数划分不均造成的延迟），反过来，夜晚有时会更长。

不过，如果延迟在上沃尔瓦的夜晚发生，会造成夜晚与白昼的时间差进一步加大；另一方面，如果延迟降临在白天，那么它们的昼夜时长将趋于相等，这种昼夜等时九年才出现一次。对下沃尔瓦人来说，情况正好相反。

两个半球在一定程度上共有的现象就讲到这里。

上沃尔瓦半球

现在，让我们分别专注于两个半球的情况，它们之间差异悬殊。沃尔瓦出现和隐没都将引发千差万别的自然奇观。不仅如此，就算是普通的现象本身，都会对两个半球造成截然不同的影响。由此造成的结果，便是上沃尔瓦半球更适合被称为失温带，而下沃尔瓦则是温带。上沃尔瓦的黑夜持续时间相当于我们的十五或十六个自然日。它的夜晚极其可怕，那浓得化不开的黑暗正如我们在没有月亮的夜晚所经历的，因为它接收不到任何光亮，即使是沃尔瓦的光线。于是所有一切都被冰霜冻结，承受着强劲的烈风。接下来便是白昼，长度相当于我们的十四天，或稍微短一点。在这期间，太阳硕大无朋，与恒星一道缓慢移动。没有一丝风，因此酷热难当。所以在我们的一个月或者说纳维尼亚的一天里，同一个地点既暴露于比我们的非洲炎热十五倍的地方，又暴露于比奎维纳[1]更加寒冷难耐的环境。

特别值得一提的是，上沃尔瓦居民看到的火星要比我们见到的大

1. 西班牙人科罗纳多于 1540 年发现的一处地方，地处现在的美国堪萨斯州中部。

一倍；对上沃尔瓦中部的居民来说，这样的火星出现在午夜，而对上沃尔瓦其他地方的居民来说，只有在夜晚的某些时刻才会出现。

下沃尔瓦半球

为了向这个话题过渡，我首先谈一谈居住在分割环上的边境居民。他们那儿特有的现象是，在他们眼里，金星和水星与太阳之间的距角比我们眼里看到的大得多。不仅如此，在一些特定时间里，金星看起来要比我们见到的大一倍，对那些靠近北极点居住的尤其如此。

不过在纳维尼亚上，最优美的景观就是沃尔瓦。这一视觉享受弥补了没有月亮的缺憾，那是他们和上沃尔瓦人一样，被彻底剥夺的一大美景。由于沃尔瓦终年常在，这个区域被命名为下沃尔瓦区，正如同沃尔瓦的缺席使得另一区域被命名为上沃尔瓦一样。

对栖居地球的我们来说，在远方屋脊上爬升的满月，也不过是跟小桶桶箍一般大小；当其升入中天[1]时，也不及人类面庞的宽度。但对下沃尔瓦人来说，他们处于中天（这个位置覆盖到生活在这个半球中心或中央的居民）的沃尔瓦的直径，看起来比我们看到的月球直径的四倍稍短一点。由此，如果比较这两个圆盘，他们的沃尔瓦是我们月亮的十六倍大。然而对那些只能在天边看见它的居民来说，沃尔瓦宛如远处一座熊熊燃起的山头。

结果，正如我们就算无法亲眼看到天极，却仍能通过区分不同地区与天极间的高度差异来定位一个地点一样，他们也能通过沃尔瓦的高度来进行定位，沃尔瓦时时可见且在各处的高度都不相同。

---

1. 指行星、恒星或星座等天体在周日运动的过程中所经过的一个点，是该天体运动过程中的最高点，也是它最接近天顶的时刻。

正如我说过的，这是由于沃尔瓦对他们有些人来说正好高悬于头顶，而在有些地区是贴近地平线的，对剩下那些居民来说，它的高度从天顶到地平线不等，恒定地悬挂在特定地方。

不过他们同样也有自己的极点，其所处的位置，并不是正对我们的两个天极所对着的那些恒星，而是在标志我们的黄极的那些星星的附近。月球居民的这些极点，会在十九年的周期里，围绕天龙座的黄极，以及在其他极端情况下，围绕剑鱼座、飞鱼座甚至大星云[1]的黄极做小圆周运动。由于这些月球居民的极点到沃尔瓦有差不多一个象限的距离，他们的地域划分既可以根据极点，也可以根据沃尔瓦。所以说他们这方面的情况比我们简便得多。因为他们是参考静止不动的沃尔瓦来确定地区的经度，再同时参考沃尔瓦和极点来确定纬度。而我们要确定经度却别无他法，只能求诸磁极那刚刚能够为人所察觉的细微偏离。

他们的沃尔瓦总是出现在同一个位置，如同被钉子钉在了天幕上。在它之上的其他天体，包括太阳，都是由东向西运动。没有哪一个夜晚，黄道带上的一些恒星不从沃尔瓦的身后经过，然后从另一边重新出现。只不过同一颗恒星不会每晚如此。所有那些距离黄道六七度的恒星会轮流重复这个过程，等第一颗星星回到原位，就完成了一个十九年的循环。

他们的沃尔瓦与我们的月亮相仿，也有盈亏。形成两者的原因也一样：太阳的出现和背离。如果你注意到其形成的本质，会发现牵涉到的盈亏时间也是相同的。不过他们测量时间用的是另一种方式，与我们的不同。他们所认为的一天一夜，是沃尔瓦经历它所有盈亏的时间总和。这段时间被我们称为一个月。由于它的大小与亮

1. 指大麦哲伦星云。

度，沃尔瓦从没有真正地隐没在下沃尔瓦人面前，即使在新沃尔瓦[1]时也一样。特别是对居住在极点附近、在那期间见不到太阳的居民来说，这一点更是千真万确。对他们来说，中沃尔瓦期间的沃尔瓦，两只尖角在正午时分向上翘起。总的来说，对于栖居于沃尔瓦和中沃尔瓦圈的极点之间的人来说，新沃尔瓦象征着正午的到来；上弦沃尔瓦则象征夜晚；满沃尔瓦则是午夜；下弦沃尔瓦出现时，第一道曙光回归。对于生活在沃尔瓦和极点都处于地平线的地区居民，还有那些住在赤道与分割线的交点的居民来说，白昼或是夜晚在新沃尔瓦和满沃尔瓦到来，正午和午夜在上下弦沃尔瓦时到来。若要总结那些住在其他地方的居民的情况，这段论述可以作为推断基础。

同样的，他们在白天依据沃尔瓦的不同相位来判断时辰；举个例子，太阳和沃尔瓦相互越来越靠近，对中部沃尔瓦人来说，就意味着越来越接近正午，对赤道那片的居民来说，则越来越接近夜晚或是日落。不过，在那些持续时长达到我们的十四个地球日的夜晚，他们测算时间比我们更容易些。因为除了沃尔瓦的一系列相位——我们已经说过，满沃尔瓦对生活在中部沃尔瓦圈的居民来说正是午夜到来的标志——沃尔瓦本身就可以为他们报时。即使它与我们的月亮不同，好像没有任何空间上的移动，却在固定的位置上自转，依次展示出一连串各式各样的神奇光点，这些光点一刻不停地由东向西运动。由于同一个光点会再次出现，这样的一个循环被下沃尔瓦人视为一个小时。这一个小时比我们一个白天加上一个夜晚再多一点点的时间。只有这一种时间测算方法是通用的。原因在于，我之前也提出过，太阳与群星每天在月球定居者周围的运动并不均匀。如果比较一下沃尔瓦到月球的距离与恒星到月球的距离，这种不均

---

1. 对应于月亮的新月状态，作者自创的叫法。

匀的运动就会由沃尔瓦的自转很清晰地揭示出来。

沃尔瓦，就其上半、北半部分而言，似乎可以分成两半。其中一部分更为暗淡，被几乎连成一片的暗点覆盖。另一半则明亮不少，被一条靠近北部的光带贯穿，这条光带是两部分之间一个明显的差别。很难用语言描绘暗淡半球的那片暗点，不过其东面看起来像一张从肩部以上截取的人脸，正俯身亲吻一位身着长裙的少女，后者的手在背后伸展开来，引逗着一只跃起的猫咪。往西边延伸的一片暗点大得多、宽得多，不过看不出什么显著的形态来。在沃尔瓦的另一个半球，明亮地区的分布比暗淡斑点广阔得多。你可以说它的轮廓像是一只拴在绳子上往西摆动的铃铛。上述之外的部分，无论上部还是下部，都毫无形态可言。

除了以这样的方式为他们区别每天的时刻，对任何一个善于观察的人，或是对恒星的位置不甚了解的人来说，沃尔瓦同样能明确地为一年里的季节变化提供指示。就算当太阳落在巨蟹座时，沃尔瓦也清楚显示出它的自转北极，因为有一小块暗点正好卡在少女形象上方明亮区块的中间位置。这个暗点从沃尔瓦最高、最远的一端向东移动，然后落到圆盘背后朝西运动，到了这边以后，它再次东行，向着沃尔瓦的顶端而去，这一时段它一直处于可见状态。不过，当太阳进入山羊座时，无论从哪个地方都无法看到这个暗点，这是因为它整个运行圈带和极点都消失在了沃尔瓦的球体背后。一年的两个季节里，暗点向西做直线运动，而在季节交替的时节，也就是太阳进入公羊座或天平座时，暗点们或是下降或在反方向爬升，画出歪歪扭扭的路径。这些事实向我们展示，当沃尔瓦的球体中央保持静止时，其自转的两极每年绕着月球居民的天极划过的轨迹就是极圈。

更加细心的观察者也会注意到，沃尔瓦的大小并非恒定不变。当一天之中天上的星体运行得更快的时段，沃尔瓦的直径也相应变大，于是它膨胀为我们月球直径的四倍。

现在，我该如何谈论日食和沃尔瓦食的情况呢？“食”这种现象在纳维尼亚也会发生，而且日食与月食发生的时刻同地球一样，只不过发生的原理正好相反。当我们能看到一个完整日食时，他们看到的却是沃尔瓦食。反过来，当我们的月球发生月食时，他们的太阳发生了日食。然而这种情况并非一一对应。因为当我们这边的月亮没有一处隐入黑影之下时，他们却时常看到日偏食。另一方面，当我们这儿出现日偏食时，没有发生沃尔瓦食的情况也不在少数。对他们来说，当沃尔瓦盈满时会发生食的现象，正如对我们来说，只有当满月时才会有月食；但日食却发生在新沃尔瓦出现时，正如我们的发生在新月时。由于白昼与黑夜那么漫长，他们经常性地经历两个天球的食现象。然而，我们这儿发生的日月食很大比例上都在两个对跖点[1]间传递，他们的对跖点因为在上沃尔瓦，自然而然看不到这类现象，因此只能被下沃尔瓦人目击到。

他们从未见过沃尔瓦全食，他们只能看到有一个红色镶边、中间呈黑色的小点在穿越沃尔瓦的球体。它从沃尔瓦的东面进入，西边离开，运行的路径与沃尔瓦上自然形成的暗点一模一样，只不过速度快得多。它的时间会持续六分之一个纳维尼亚小时，也就是我们的四小时。

他们的日食是由沃尔瓦引起的，正如我们的是由月球引起的。这种现象是无法避免的，因为沃尔瓦的视直径比太阳的大了四倍。当太阳自东经南跨越原地不动的沃尔瓦到西方时，它十分频繁地从沃尔瓦的背后穿过，于是部分或全部地被沃尔瓦所遮蔽。即使遮挡住太阳整个球体的情况时常发生，却依然引人瞩目，这一景象的持

1. 地球同一直径的两个端点。

续时间长达我们的数个小时，期间太阳与沃尔瓦的光芒同时熄灭，对下沃尔瓦的居民来说蔚为壮观。因为在其他时候，在巨大的、永不缺席的沃尔瓦的光辉下，他们的黑夜并不比白天昏暗多少，但发生日食时，两个发光体——太阳与沃尔瓦——都会猝然熄灭。

其中的日食有以下一些特点。太阳刚刚消失在沃尔瓦的球体之后，就像时常发生的那样，会有明亮的光线从另一面升起，就好像太阳扩张开来，并拥抱住沃尔瓦的整个球体。而在其他时候，太阳看起来好像比沃尔瓦小好几圈。因此，绝对的黑暗并不总是会出现，除非天体的中心几乎排成一线，并且其间的透明介质也正处于合适状态。另一方面，就算太阳整个隐没在背后时，沃尔瓦也不会突然熄灭，变成漆黑一团；唯一的例外出现在全食的中点时刻。在全食的初始阶段，沃尔瓦的光亮依然照耀着分割线上的一些特定地区，就如同被扑灭的火焰的余烬继续发光。当沃尔瓦也停止发光时，就意味着全食的中点时刻已经到来（因为如果并非全食，沃尔瓦就不会熄灭）。等沃尔瓦（在分割圈上的相对地区）恢复其光芒，太阳也将变得可见。因此，在一定程度上，两个发光体都是在一个全食的中点时刻同时熄灭了光芒。

关于纳维尼亚的两个半球下沃尔瓦和上沃尔瓦的天文现象就说到这里。即使我只字不提，从这些现象也不难推断，下沃尔瓦与上沃尔瓦在其他方面的差异也十分显著。

下沃尔瓦的黑夜长达我们的十四个日夜，但沃尔瓦照亮了土地，使其免受严寒的侵蚀。话说回来，如此这般的庞然大物，如此这般的耀眼光辉，当然会给予大陆温暖。

另一方面，即使下沃尔瓦区的一天里，太阳会持续照耀十五或十六个地球日，十分惹人厌烦，但那却是颗小得多的太阳，并不十分危险。所有的发光天体合力将一切水分引到这个半球，使陆地沉入水中，只留下极小的一块露出个尖。相比之下，上沃尔瓦半球却是又干又冷，因为所有水分都被吸干了。然而，当夜晚降临下沃尔瓦、白昼光临上沃尔瓦时，两个半球分摊了发光天体，因此水分也被平分了；下沃尔瓦的土地干涸，与此同时，上沃尔瓦稍稍从热浪中解脱出来，享受到一丝潮湿气息。

整个纳维尼亚的周长不超过一千四百德里，也就是说，只有我们地球的四分之一。不过它的山岭极高，峡谷又深又宽；从这个角度来看，相比我们的地球，它绝非一个完美的球体。它上面布满孔洞。可以这么说，它被四处存在的洞穴和岩洞穿得千疮百孔，特别是在上沃尔瓦地区。定居者们主要靠这些深渊的保护来远离酷暑与严寒。

生长于这片土地或是在上面游走的一切，都具有庞大的体型。它们的生长是极其迅速的。但因为体型巨大，万物的生命都很短暂。上沃尔瓦区的居民没有固定住所，没有建立居住区。在他们的一天时间内，他们成群结队在整个星球迁移，移动方式依照各自的生理特点：有些用腿脚，速度比我们的骆驼快得多；有些用翅膀；有些乘船追随不断缩小的水源；有些在必要时拖延个好几天，然后爬进洞穴里。他们中绝大多数都会潜水；由于这种顺应自然的生存方式，他们的呼吸节奏都很缓慢，因此，他们靠着一些技术辅以天生的能力，可以深深地潜在水底。他们说，在水底这么深的地方，凉爽尚在，而顶上的浪花都被太阳晒热了。所有接近水表的生物都会在正午时分被太阳煮熟，继而成为迁移队伍的食物。一般而言，下沃尔瓦半球相当于我们的州、镇、花园区；上沃尔瓦区就是我们开阔的乡野、森林和沙漠。那些对呼吸的需要更迫切的居民，将热水通过狭窄的管道引入洞穴里，这样一来水要很久才会流到洞穴内部，在这过程中逐渐冷却下来。一天的大部分时间里，他们把自己关在洞里，用这些水解渴；到了夜里，他们外出觅食，吃植物的皮层、动物的皮肤，或者某种替代皮肤的东西，那是动物海绵状的多孔身体中占据大部分重量的组成部分。白天，任何暴露在外的东西，其上部都会被晒硬、烤焦；等到黑夜降临，它们的外壳会就脱落下来。生长于地下的植物——它们零星分布于山脊上——大多在同一天里开始和结束其生命。第二个白昼来临，新的一代将重新萌发。

总体而言，蛇类的天性在他们身上十分突出。有时候他们会以优雅的姿态沐浴正午的阳光，似乎是在取乐。但他们只会藏在洞穴口的后面，确保自己能安全、迅速地后撤。

他们在白天因为炎热消耗的精力和失去的生命必定能在夜晚获得补偿，其模式与我们这边飞蝇的模式正好相反。地上到处分布着一种长着松果外形的物体，它们的外壳在白天被炙烤，到了夜晚，可以这么说，当它们展露出自己的秘密时，就会诞出活的生物体。

下沃尔瓦半球主要靠不断形成的云层和雨水来减轻酷热，其覆盖面有时能达到整个地区的一半甚或更多。

当我的梦境进行到这里时，一阵风刮起，伴随雨点的滴答声，将我的睡眠搅扰。与此同时，从法兰克福获得的这本书的结尾也被擦去了。因此，我扔下讲故事的守护灵和他的倾听者——儿子德拉库特斯和母亲菲欧克斯希尔德，他们还蒙着自己的脑袋——清醒过来，发现我的脑袋也真的被枕头盖住，而身体也被毛毯盖着了。

（爱德华·罗森　英译）

（龚诗琦　中译）

航向月球

月球在人类的幻想世界中一直占有重要地位。如今，人们已经登上月球，并至少对其中的一小部分进行了探测，地球这颗大得不成比例[1]的卫星已经失去了大部分神秘色彩和一部分浪漫魅力。但纵观人类的历史，月球就如同在影响潮汐涨落一样，影响着人们的生活。许多文明都崇拜月球，他们认为阴历月和阳历年一样神圣，相信月球会影响人们的心智、运气和身体。在他们的目光中，月球悬于天空，似乎近得触手可及。

新兴的天文学将人类的目光引向夜空。人类利用荷兰眼镜制造商汉斯·李普希在1608年发明的望远镜观测恒星、行星和月球。特别是月球看起来如此之近，又和地球如此相像。通过某种方式——或者说通过任何方式——前往月球的想法似乎不仅可行，而且必将实现。

英格兰主教弗朗西斯·戈德温撰写了幻想小说《月中人》一书，

1. 月球相对于地球的直径比例约为27%，远高于太阳系中其他卫星相对主行星的比例。

讲述了一位名叫多米尼哥·冈萨勒斯的小流浪汉前往月球的旅程。他登上圣赫勒拿岛[1]，训练了一群类似于天鹅的、名为甘萨斯的鸟，拉动“引擎”在空中飞翔。在逃离野蛮人时，甘萨斯载着他飞向月球。戈德温用充满现实感的词汇来描述月球上的环境，尽管月球上的居民都是虚构的，其社会也是空想。最后，冈萨勒斯和他的甘萨斯安全地回到地球，降落在中国。

另一位英国主教、英国皇家学会的创建者之一兼首任秘书约翰·威尔金斯[2]（John Wilkins）出版了《墨丘利，或名隐秘与快捷之信使》（*Mercury; or the Secret and Swift Messenger*，1641）一书。这本书以非虚构的体裁探讨了一些新发明的可能性，诸如“飞天战车”、可以将声音保存几小时到几天的“箱子或中空管道”、某种通过炮击或者其他响亮的噪声来远距离传输信息的方法，或是利用“磁性技术”让信号穿墙。他在1638年出版了《关于新世界的论述》（*A Discourse Concerning a New World*），这也是部非虚构作品，探讨了月球上的生存条件，对月球是否宜居做出推测，并相信人类会前往月球旅行。

直到爱伦·坡的时代到来之前，其他关于月球旅行的故事都不及西拉诺·德·贝尔热拉克的《月球远征记》（1657）那么新奇有趣。西拉诺是一名冒险家、剑客和才子，并在爱德蒙·罗斯坦的浪漫戏剧[3]之中流芳百世，但他同时也以作家的身份闻名于世。在短暂的一生中，他没有任何作品出版，但他的部分手稿在世间流传。西拉诺还创作了另外一篇未完成的地外航行主题的幻想作品《太阳远征记》（1662）。这篇作品描述了西拉诺通过一个装有透镜组的盒子

---

1. 南太平洋岛屿，现属英国。
2. 自然哲学家、政治家，曾在剑桥大学、牛津大学等顶级学府任职。
3. 指法国浪漫主义剧作家爱德蒙·罗斯坦所著英雄喜剧《西拉诺·德·贝尔热拉克》（又译为《大鼻子情圣》或《风流剑客》）。

逃离监狱的故事，透镜聚焦阳光，制造了一阵旋风，他被这阵旋风带到了太阳上，在那里看到了鸟类的文明，并和康帕内拉讨论了乌托邦的话题。

这两部作品都讽刺了西拉诺所处时代的制度，嘲笑了对《旧约》的教条式信仰，表现出对人类的悲悯态度，并描述了一些科学和哲学观点，在当时发布或传播这些观点是很危险的。

地外旅行，尤其是前往月球的传统题材在文学作品中持续传承，直到 1969 年，第一艘载人飞船抵达月球为止。其中值得关注的例子包括：加布里埃尔·丹尼尔的《航向笛卡尔的世界》(1691)、拉尔夫·莫里斯的《约翰·丹尼尔》(1751)、阿拉图斯的《月球游记》(1793)、乔治·富勒的《月球航行记》(1831)、乔治·塔克的《月球游记》(1827)、爱伦·坡的《汉斯·普法尔历险记》、儒勒·凡尔纳的《从地球到月球》、H.G. 威尔斯的《月球上的首批人类》(1901)和罗伯特·A. 海因莱因的《卖出月亮的人》(1950)。

到 19 世纪 90 年代，俄罗斯科学家康斯坦丁·齐奥尔科夫斯基开始以严谨的态度撰写关于太空飞行的文章，并提及了使用液体燃料火箭的必要性。1914 年，罗伯特·戈达德[1]开始取得关于火箭装置的专利，自从 20 年代开始，他不断尝试火箭实验，直到去世。

宇宙航行的时代就此开始。

（赵佳铭　译）

1. 美国工程师、发明家，液体火箭的发明者，被誉为“现代火箭之父”。

月球远征记（节选）

［法国］西拉诺·德·贝尔热拉克

克拉马的德奎尼大人曾在这个离巴黎不远的地方热情地招待过我与几位好友。那天晚上大约九点，回家时天上有一轮满月，空气轻盈。我们对这个黄色的星球展开各种想象，仿佛让回家的路途都变短了。大家都抬头看着这颗巨大的星星，一位朋友说这是一扇天窗，从中可以窥见真福者的荣光；另一位朋友对那些久远的神话故事深信不疑，他想这也许是巴克斯要在天上举办酒会，所以挂上一轮满月告知众神；还有一位朋友断言，这种淡黄色正是披着阿波罗胸巾的戴安娜身上所透过的颜色；当然，也有一位朋友说，这是夜晚失去了光芒的太阳，正透过天上的窟窿观察着没有它的世界。“至于我，”我对他们说，“我也想向你们分享我对月亮的兴趣，不过可别把它也当成供你们打发时间的玩笑话。我相信，月亮上有和我们相似的另一个世界，并且对那个世界的人们而言，地球才是他们的月亮。”听到我的话，几位好友报以清脆响亮的大笑。“说不定，”我说，“月球上那些认为地球上有另一个世界的人，也在受人嘲笑呢！”尽管我试图向他们证明，毕达哥拉斯、伊壁鸠鲁、德谟克利特，以及我们这个时代的哥白尼和开普勒也都有着和我一样的观点，但结果只是换来了更响亮的笑声。然而，这个大胆的想象随后一直萦绕在我的心上，经历各种纠结与怀疑，最终深深地扎根在我的脑海中。之后的路上，我一直没有为月亮上的世界找到什么合理的解释。理性让我几乎要相信这个猜想只是个玩笑，但随后发生的一件事，不管是奇迹、意外、天意、命运或者说是白日梦、臆想、幻想，甚至胡说八道也好，又让我重新审视起那个念头。回到家，我走进书房，发现桌上有一本摊开的书，但我之前从来没有在那儿放过书。这是一本卡尔达诺[1]的作品，尽管没有打算去读，但我的视线像被某种力量牵引着一样，正好停在这位哲学家所讲述的故事上：某天夜里，他正在蜡烛边读书，却突然看见两位高大的老人穿过紧闭的房门走了进来。他问了很多问题，而老人们在回答说自己是月球居民后就消失了。

我非常惊讶，在这个时候突然凭空出现这样一本书，还恰好让我看见那一页。这一连串的事件就像是在告诉我，这是要让所有人知道，月亮上还有另一个世界。

“到底是怎么回事呢？”我对自己说。今天刚聊过的话题，竟然就让一本书——而且可能是世界上唯一一本专门记叙了这件事的书——从书架飞到我的书桌上，还恰好翻开在提到那次奇特经历的地方。书页好像具有某种力量，牵引着我的视线，让我继续思考自己的想象，而且更为坚定。“毫无疑问，”我继续自言自语，“那两位出现在卡尔达诺面前的老人，就是把书翻到这页并且放在桌上的人。只是他们没像对卡尔达诺那样出现在我面前，并且再对我解释一通。”

“但是，”我又想，“如果要完全消除疑惑，是不是只有亲自到月

1. 意大利文艺复兴时期百科全书式的学者，主要成就在数学、物理、医学方面。

亮上看一看才行呢？”

“为什么不呢！”我立刻给了自己一个回答，“普罗米修斯曾经从天上偷来火种，难道我比他胆小吗？难道我就不能成功吗？”

虽然在别人看来这些像是烧坏了脑子的心血来潮的念头，但我已经开始真正期待起这趟奇妙的旅行：我甚至把自己关进了一幢偏僻的乡间别墅来确保计划最终成功。为了实现旅月计划，我在那儿进行了一次又一次实验设计，最终采用以下方式登上天空：一个晴天，我将很多装满露水的玻璃瓶紧紧拴在身上，太阳的光线十分猛烈，热量牵引着玻璃瓶就像在拉着一大片厚重的云，我就这么被带着上升，直冲云霄。然而这升高的速度有些快过头了，我也并没有像预想的那样朝月亮飞去，而是越来越偏离出发时的路线，离它越来越远。我敲碎了几个玻璃瓶，却又发现自己正因重力向地球坠去。

我的意识一直都很清醒，坠落虽然花了些时间，但从我离开地面时算起，现在应该是午夜才对。然而我却发现太阳出现在地平线的最高处，现在正是中午。你们可想而知当时我有多么震惊：我不知该怎么解释这样一个奇迹，于是甚至用我那放肆的想象力大胆猜测是上帝再次将太阳召回天空，好为我的宏大计划投射光亮。

同样令我惊讶的是，我不知道自己此刻身处哪个国家。看起来我是笔直升空的，那么理应落回出发点才对。我看见一座正飘着烟的茅草屋，于是就这么穿着瓶子朝那儿走去。但当我离它还有好一段距离的时候，我发现自己被一群赤身裸体的人包围了。

他们看起来非常惊讶，我也许是他们见过的第一个穿着瓶子的人。而且他们看到我走路时几乎没有接触地面，同样也一定没有理解我是怎么让自己飘起来的。正午阳光的热量使瓶中的水又一次汽化，要不是因为身上的瓶子数量不够，我就可以让他们见识一下飘浮在空中的样子了。

为了消除他们对我这一身装备的疑虑，我打算过去和他们交谈。然而这群人就像受了惊的小鸟，迅速消失在树林里。不过我还是抓住了一个人，虽然他一直想找机会逃走。我很艰难地（因为我已经是气喘吁吁的了）问他这里离巴黎有多远，法国人从什么时候开始不穿衣服了，而且为什么他们都这么惊恐地逃走了。

被我询问的那人是一个黄褐色皮肤的老头。他跪在地上，将双手抱在脑后，张开嘴，还闭上了眼睛。他嘟囔了很久，但我一个词都没听清，也就只好把这当成哑巴自创的嘶哑噪声。

过了一会儿，我看见一队敲着鼓的士兵，其中有两个人离开队伍向我走来。等离我足够近了，我便问他们自己现在在哪儿。

“你在法国，”他们回答说，“不过是什么魔鬼把你变成了这样？为什么我们不认识你？是舰队到了，还是你有什么消息要通报给总督？而且，你为什么要把白兰地装在这么多瓶子里？”

我只好一一作答：“并没有什么魔鬼；你们不认识我是因为你们无法认识所有人；我对塞纳河上那些开往巴黎的船一无所知；也没有任何要通报的消息。而且，瓶子里装的也并不是白兰地。”

“嗬，嗬，”他们边说边拽着我的胳膊，“你看起来也是个好小伙儿。来吧，总督一定也想认识你。”

他们把我拉进了队伍，在那儿我确定了自己的确身处法国，不过是在新法兰西[1]。不一会儿，我就被带去面见了总督。他问了我的国家、名字和是否具有什么才能，我的回答令他相当满意。在向他讲起自己这趟旅行的成功之后，不管是否真的相信，他都非常慷慨地在住所里分了我一间卧房。能和这样一位德高望重的人交谈让我非常高兴，而且当我告诉他在我升空时地球依然在转动，他也没有丝

1. 法国位于北美洲的殖民地。

毫惊讶。因为我在巴黎差不多升高了八千米，但坠落时却几乎垂直于加拿大。

接下来的几天我们一直在谈论相似的话题。不过随后由于一些琐事，我们的哲学探讨被搁置了一段时间，而这时我想到月亮上去的愿望又变得更加强烈了。

每当月亮升起，我都会在树林中漫步，想着如何实现旅月计划。终于在圣约翰节的前夜，当所有人都在要塞里商讨是否要对本国的野蛮人予以援助，来共同抵抗易洛魁人[1]时，我独自一人待在住所后面的小山顶上，实施了新的计划：

我做了一台机器，按照预想它可以让我升到极高的地方。在看起来一切都准备妥当之后，我便爬进机器，在岩石的最高处把自己弹射到空中。然而，由于没有准确计算自己的重量，我最终还是重重地跌进了山谷。

尽管带着一身伤痕回到房间，但我还没有失去勇气。由于从头到脚都摔得伤痕累累，我在身上涂满了牛骨髓。在用了一瓶强心的滋补精油后，我又回到后山去寻找那台机器，然而一无所获。那些奉命在树林里为圣约翰节砍伐木材的士兵们碰巧发现了它，还把它带回了要塞。人们对这台机器究竟会是什么进行了很多猜想，在他们发现了上面的弹簧后，有人说应该给它绑上些烟火，这样就能让它飞向高空，而且弹簧还能带动机器的双翼摇动。所有人都把它当成了一条火龙。

与此同时，我仍然在寻找机器。最后终于在魁北克广场发现了它，但人们正要将它点燃。看到自己精心制作的机器受到这样的对待，我的心中充满了悲伤和愤怒。我冲向那个正在点火的士兵，紧

1. 北美的印第安人。

紧抓住他的手臂，扔掉他手中的火柴，发疯一样地钻进机器，想要卸下它周围的烟火。然而还是晚了一步，当我回过神来时，发现自己的双脚已经在云层之上了。

惊慌并没有让我完全丧失理智，我还能记得那一刻发生的一切：火苗吞噬着一串烟火，它们被六个一组地排好，用导火线连在一起，只要有一层着了火，另一层就会被顺势点燃，这样所有火药都能燃烧起来，这个危险品就可以自己飞走。终于燃料被烧完了，当我祈祷着千万别撞到山头时，却感到自己仍然在上升（我没有随意动弹），直到我脱离了机器，看着它向地面坠去。

这趟奇异的旅程让我心中充满了一种非同寻常的喜悦，看到自己脱离了已知的危险后，我就开始十分不谨慎地在空中分析发生了什么。为了找到原因，我搜寻着脑海中和目之所及的一切，这时我注意到自己肿痛的身体和为了治疗瘀伤而涂抹的油腻的牛骨髓。我知道每当月亏时，这四分之一的月亮就会汲取动物骨髓。它啜饮着我身上的那些牛骨髓。月亮离我越近，这种力量就越强，即使隔着厚厚的云层也丝毫没有减弱。

根据我的计算，当我穿破云层时，上升的距离已经超过了地月距离的四分之三。我突然发现自己不知何时变成了头朝下脚朝上的姿势，但是我自己并没有翻过身。而且如果真的颠倒过来，我应该能感受到身体的重量。我很清楚自己实际上并没有坠回原先的世界，因为我正飘浮在两颗行星之间，离其中一颗行星越来越近，同时也离另一颗越来越远。我确定那颗更大一些的是我们的星球。经过了一两天的旅程，远方太阳的折射让我难以判断星体与气候，那颗更大的星球看起来就像一个巨大的金块，这些都让我猜想自己正在朝着月亮的方向坠落。特别是当我想起自己在地月距离的四分之三处才开始坠落时，我更加确定了这个念头。“因为，”我对自己说道，

“月球的质量比地球小得多，所以它的影响范围也要更小。正是因为这样，我才不会那么快就感受到它的引力。”

最终，我经历了一段长时间的坠落，正如我推断的那样（下落时的冲击可能让我的印象没有那么准确），我记得的第一件事是，发现自己落在一棵树下，脸上还沾有压碎的果实。我在坠落时弄断了三四根巨大的树枝，发出了巨大的声响。

令人高兴的是，正如你们很快就会知道的那样，这里就是所谓的天堂，而我坠落处的树正是生命之树。如果没有这棵树，我可能早已经死了上千次了。我曾多次思索这一流行的观点，即如果一个普通人从这么高的地方坠落，在接触到地面之前他可能就已经停止呼吸了。而根据我的经历来说，这是不成立的，或者说是这棵树神奇的果实汁液流进了我的嘴里，召回了游荡在尸体附近的灵魂，让我的身体仍然温暖，仍然具有生命特征。

实际上，我刚一落地，还来不及细想，之前的痛苦和惊慌就消失了。而让我在旅途中饱受折磨的饥饿感也消失了。

（刘书林、余维阳　译）

理性时代与反对者的呼声

罗杰·培根预言了科学革命的出现，印刷机的发明让科学革命成为可能。科学革命由哥白尼开启，并在 17 世纪达到巅峰。几乎每一年，都会有新的发现或发明出现。其中，威廉·哈维发现了血液循环；威廉·加斯科因发明了千分尺；托里拆利发明了气压计；波义耳在气体压力和体积领域有了发现；惠更斯提出了光的波动学说。

这一切似乎都聚焦于艾萨克·牛顿爵士一人之身。很多人都认为，牛顿是人类有史以来最伟大的人，他在光学方面做出了许多惊人的发现，发明了一种叫作微积分的数学方法（与德国哲学家、数学家戈特弗里德·威廉·莱布尼茨男爵分别独立发明），架设起第一架反射望远镜，建立了引力理论和运动学三定律，并在人生中的最后二十四年担任英国皇家学会会长。

论及自己的成就，牛顿写道："我不知道，我在世人眼中是什么样的人，但对我自己来说，我似乎只是一个在海滩玩耍的小男孩，在玩耍之时发现了一块更为光滑的卵石，但与此同时，真理的大海就在我面前，我却对它一无所知。"面对牛顿的半身像，华兹华斯吟出这样的诗篇：

> 大理石雕塑出卓越的头脑，
> 永远在奇异的思想之海中独自远航。

牛顿的主要著作《自然哲学的数学原理》（1687）成为了新世界观的基石。这本书展示出对世界的优雅解读，介绍了一个建立在简单易懂的力学基础之上的宇宙模型，并认为困扰科学家的其他问题都可以轻松地通过仔细观察和理智而严谨的态度加以解决。实际情况并没有这么简单，但这本书引领了一段科学乐观主义盛行的时代，后世称之为理性时代。但颇为讽刺的是，牛顿也相信炼金术和神秘学。

并非所有人都对科学抱有乐观态度。都柏林有一位名为乔纳森·斯威夫特的圣公会牧师，后来还当上了圣帕特里克大教堂的教长，但他并不热衷于自己的神职，却发现自己倾心的职业其实是讽刺作家。他先是在《木桶传》（1704）和《书籍之战》（1704）中攻击了宗教和学术研究，最终在小说《格列佛游记》中展开了对政治、科学和人性本身的攻击。

虽然斯威夫特撰写《格列佛游记》的本意是讽刺，但这本书却因其叙事出色、细节翔实、想象瑰丽、笔法精准而流传至今（很多时候作为儿童读物），其本身的讽刺性目的早已被人忘却。作为一本记述前往未知之地旅行的作品，这本书的四篇都含有科幻小说色彩。不仅如此，每一篇都有一些不寻常的元素，以和人类社会作为对比——在大小尺度、社会体系或物种方面的对比。斯威夫特笔下的这些对比令人印象深刻。

最著名的是前两篇：在《小人国游记》（“A Voyage to Lilliput”）

中，格列佛如同一位巨人，他一开始认为那些小人们勇敢能干，但最后发现他们卑鄙无耻；在《大人国游记》（“A Voyage to Brobdingnag”）中，他是一位生活在巨人中的小人，一开始，那些巨人们的粗野行为让他不悦，但后来他却被巨人们的仁慈和开明而折服。《格列佛游记》的最后一篇被称为“愤世嫉俗的人在接近癫狂时的作品”，在这一篇中，格列佛发现慧骃[1]如此令人钦佩，以至于他发自内心地认为自己和其他所有人都只不过是卑鄙的野人。这最后一段冒险经历实际上是作为第三篇发表的，但在出版为合集时被放到了最后，以作为一个更合适的结尾。

第三段冒险［最初是在《慧骃国游记》（“A Voyage to Houyhnhnms”）之后发表的］是《勒皮他岛游记》（“A Voyage to Laputa”）。人们普遍认为这一篇相较于其他三篇要差一些，但这一篇的科幻小说特征最为明显，其原因主要在于这一篇展示了科技对于人性的影响。这种影响首先体现在一座漂浮的城市上，这座漂浮的城市带来了社会结构的重大改变；还体现在围绕着科学研究所构建的社会上，尽管斯威夫特讽刺了这些研究。它们不但荒唐可笑，而且毫无价值，因为这些研究把人们的注意力从人类应该关心的基本问题上转移开了。

斯威夫特不信任科学，也不关心科学家，尤其是那些试图为他们的发现找到特殊应用的科学家。他把这些科学家称为“计划机器”。也许他反对科学的主要理由在于科学无法把人性囊括其中，从而让人类获得的经验遭到篡改。他所谓的愤世嫉俗是因为他反对当时的普遍看法，即认为人性大体上是善良的。在他眼中，人类并不是一种理性的动物，而只是一种能进行理性思考的动物，人类无法

1. 斯威夫特笔下的虚构生物，外形类似马匹，拥有智慧。

完全施展自己的能力，因此有着深远而永恒的缺陷。

斯威夫特受到了琉善的影响，可能还受到西拉诺的影响。后来，他影响了 H.G. 威尔斯，又通过威尔斯及其作品影响了后世诸多科幻小说。

在《勒皮他岛游记》中，斯威夫特特别讽刺了因弗朗西斯·培根的愿景而成立的英国皇家学会。直到斯威夫特生活的时代，这个科学家成立的组织一直在英国乃至全世界的科学发展中起着至关重要的作用。

（赵佳铭　译）

勒皮他岛游记（节选）

［英国］乔纳森·斯威夫特

第一章

作者开始他的第三次航行。被海盗抓获。荷兰人的恶意。到达一座岛屿。进入勒皮他岛。

我回到家里还不到十天，威廉姆·罗宾逊船长就登门拜访。这位康沃尔[1]出身的船长是吨位三百、坚实牢固的“霍普维尔”号的指挥官。我之前曾在另一艘开往黎凡特[2]的船上担任随船医生一职，他当时是那艘船的船长，也是四位船主之一。他那时没有把我当成下级军官，反而一直像对待兄弟一样照顾我。如今他听说我回来了就来拜访我，我认为这不是出于友谊的缘故，毕竟我们很长一段时间内互无往来。然而他时不时就来看看我，他会为我的身体健康表示高兴，也会问我的生活是不是已经安定下来，还会说到他打算在两个月后出航去东印度群岛。最后他终于略带歉意地明确提出邀约，请我出任船医，并向我保证：我手下还会有另外一名医生和两个助

1. 英格兰西南部一郡。
2. 地中海东部地区。

手；我的薪水是平常的两倍；而且由于他在之前和我的相处中已经知晓我处理海上事务的能力至少不比他差，所以不论什么事情他都会听取我的建议，有如我和他共享指挥权。

他还给了我很多其他的承诺，而且我知道他是个相当诚实的人，因此我无法拒绝他的提议；尽管我经历过许多不幸，然而想要见识世界的渴求依然强烈，一如既往。唯一的难题在于如何劝说我的妻子，不过当我承诺这趟行程能给她的儿女带来美好前景之后，我最终得到了她的许可。

我们于 1706 年 8 月 5 日出发，并于 1707 年 4 月 11 日抵达圣乔治堡[1]。我们在那里停留了三周，替换下很多生病的船员。随后我们来到东京[2]，由于船长打算在此地购买的很多货物都没货，未来几个月内也看不到有货的希望，他决定在这里停留一段时间。为了能够支付必要的费用，船长购买了一艘单桅帆船，并在船上装载了几种本地人经常用来和周边岛屿交易的货物，又派出十四名船员，其中包括三名本地人。他任命我为这艘船的船长，授权我在两个月内主管这艘船的贸易事宜，而他则留在东京处理他的事务。

我们航行了不到三天就遇上一场猛烈的暴风雨，我们被迫向东北偏北航行了五天，然后又向东航行；之后我们迎来了好天气，但依然刮着强劲的西风。到了第十天，我们被两艘海盗船追击，很快就被他们追上了；我的帆船装货过重，吃水太深，行驶得非常缓慢；而且我们也没有抵御袭击的条件。

两方海盗几乎同时登上我们的船，海盗头子们率领手下气势汹汹而来，却发现我们全都脸朝下趴在甲板上（基于我的命令），他们用结实的绳子捆住我们，派一个人做看守，然后开始搜船。

---

1. 英国东印度公司在今印度金奈市建立的一座堡垒。
2. 越南城市河内的旧名。法国人控制越南北方以后，便用这个名字称呼整个越南北方地区。

我发现他们之中有一个荷兰人看上去很有话语权，虽然他不是任何一艘海盗船的首领。他通过我们的面容认出我们是英国人，用他的语言对着我们叽里呱啦地说了一通，咒骂我们应该被背靠背地绑在一起，然后丢进海里。我的荷兰语讲得还过得去，我告诉他我们是谁，我向他乞求，看在我们都是基督徒和新教徒的分上，看在我们两国互为邻里、是紧密同盟的分上，希望他能说动船长们对我们发发慈悲。这让他更加愤怒。他说了一遍威胁我们的话，然后对着他的同伴情绪激烈地说起日语，我猜他说的是日语，因为他多次用到“基督教徒”这个词。

较大的那艘海盗船的船长是一名日本人，他能说几句蹩脚的荷兰语。他来到我面前，问了我几个问题，我非常谦恭地给出答复，他说我们不会死。我向这位船长深深鞠了一躬，然后转身对那名荷兰人说我很遗憾，竟然从异教徒那里得到了比基督教兄弟还要多的仁慈。但是很快我就为说出这句愚蠢的话而感到懊悔。这个歹毒的恶棍一直努力劝说两位船长把我扔进海里（他们没有同意，因为他们已经向我承诺不会处死我），虽然劝说未果，但他成功地说服了船长们，要让我遭受一种比死亡本身更恶劣的惩罚。我的船员们被均分成两组，分别被带上那两艘海盗船，我的单桅帆船则由海盗们接手。至于我，他们决定给我一艘只有几把桨和一面帆的小船，再加上四天的口粮，让我在海上漂荡。最后那名日本船长好心地从自己的补给中又匀出一倍的口粮给我，还禁止别人搜我的身。我从单桅帆船上下到小船的过程中，那名荷兰人一直站在甲板上，不断地把他能想到的所有咒骂和伤人的词语都砸在我身上。

我在看到海盗一小时之前做过一次观测，发现我们位于北纬四十六度，经纬一百八十三度。当我们和海盗还有一段距离时，我通过小型望远镜看到东南方有几座小岛。风向正好，我升起船帆，顺风朝向最近的小岛航行，三小时之后就登上了小岛。岛上全是岩石，但我找到不少鸟蛋。我用杂草和干海藻点了一堆火，煨熟鸟蛋。我没吃晚饭，尽量省下更多的口粮。我在一块岩石形成的遮蔽下铺上干草，美美地睡了一夜。

第二天，我航行至另一座小岛，接着去了第三座和第四座，时而靠帆，时而靠桨。不过还是不麻烦读者和我一起细数我的这番窘迫经历了。简而言之，在第五天我登上了目力所及的最后一座岛，它位于前一座岛的东南偏南方向。

这座岛和前一座之间的距离远超我的预期，我足足用了五个小时才抵达。我几乎围绕这座岛航行了一周才找到便于登陆的地点——一条比我的小船宽三倍的小溪。我发现岛上遍布岩石，只有少许杂草零星分布于岛上，其中混杂着散发甜味的香草。我拿出所剩不多的口粮补充体力，然后把剩下的食物存放在一个洞穴里——这种洞穴岛上有很多。我在岩石上收集到很多鸟蛋，我还收集了大量的干海藻和晒干的野草，准备在第二天点起一个火堆，竭尽所能地煨熟这些蛋。（我随身带着燧石、小刀、火柴和点火镜。）我在寄存口粮的洞穴里躺了一整夜，床就是我打算用作燃料的那堆干草和海藻。我几乎没怎么睡，心中的不安压制住身体的疲惫，让我保持清醒。我认为自己不可能在这种荒无人烟的地方生存，我的结局一定很悲惨。我越想越绝望，根本不想起身。等我重新打起精神从洞穴中爬出来，外面早已日上三竿。我在岩石中走了一会儿。天空十分清澈，炽热的太阳让我不得不把脸转向一边。突然，阳光被遮住了，我感觉这跟云层导致的遮蔽大不相同。我转过脸，发现一个巨大的不透明物体挡在我和太阳之间，正在向着这座岛行进。它在离地面两英里左右的空中，已经把太阳挡住了六七分钟，但我却没有站在山峰投下的阴影中的那种感觉——空气没有变得寒冷，天空也没有变得阴暗。它距离我的位置越来越近，看上去是个坚实的物体，底部平整、光滑，被下方海面反射的光线照得异常明亮。我站在高于海岸大约两百码的位置，看着这个体型庞大的家伙降至几乎与我平行的高度，和我的距离不到一英里。我掏出小型望远镜，通过它清楚地看见那个物体的侧面呈斜坡状，有人沿着坡面上下移动，但是我看不出这些人在做什么。

出于对生命那本能的热爱，我的内心生出喜悦之情并充满希望，这次奇遇也许能助我脱离当前的困境。但同时，我内心的震惊读者们也很难想象：我竟然目睹了一座空中岛屿，有人居于其上，只要他们愿意，他们就能够（看上去应该是）操纵岛屿升降或行进。不过当时我可没有心情对这种现象展开思考，我更在意这座岛屿接下来的行动路线，因为它停在原地已经有一段时间了。不过它很快就开始向我这边行进，我能够看到它的四周围绕着一层层的长廊，每隔一段距离就有阶梯连通邻近的长廊。在最下层的长廊上，我看到有人持着长长的鱼竿在垂钓，其他人在旁观。我朝那座岛屿挥舞鸭舌帽（我的软呢帽早已破烂不堪）和手绢。随着它离我越来越近，我用尽全力大声呼叫。仔细观察后，我发现在我所见的这一面聚起了一群人，他们相互交谈、对我指指点点。虽然他们没有对我的喊叫做出回应，但显然他们清楚地看到了我。我看到四五个人以极快的速度沿着阶梯向岛的上层跑去，然后消失不见了。我产生了一个合理的推测，这些人是被派去向官员寻求指示，该如何应对当前的状况。

人越聚越多，不到半个小时这座岛屿就动了起来，它向上升起，让最下层的长廊和我所在的高地平行，距离我不到一百码。我做出最真诚的恳求姿态，说出最谦恭的话语，却没得到回应。有几个人站在离我最近的上方，我根据他们的举止猜测，他们应该不是普通人。他们彼此认真交流，时不时地看我几眼。最后他们中的一人彬彬有礼地对我说出了清晰、流畅的话语，音调听起来和意大利语类似。因此我用意大利语回复他，希望这种语言的腔调至少能让他听着顺耳一点。虽然我们听不懂彼此的话语，但是他们看到了我所处的困境，因此相互理解对方的意思并不是什么难事。

他们做手势让我走下岩石到海边去，我一一照办。这座飞岛升到了合适的高度，岛的边缘位于我的正上方，从最底层的长廊上放下一根铁链，铁链下端系着一个座椅，我把自己固定在座椅中，然后被他们用滑轮拉了上去。

第二章

勒皮他人的情绪和性格。对他们的学问的说明。国王和他的王廷。作者在那里受到的接待。当地人的恐惧和忧虑。对女人的说明。

就在我兴奋不已的时候，一群人围住了我，站得离我最近的那些人看上去地位相对较高。他们看着我，一举一动无不表现出他们的好奇。他们这么做倒不是因为我的确欠了他们很大一个人情，只是因为他们从未见过如此奇特的种族，无论是外形、穿戴还是面容，都和他们不同。他们的头要么歪向右边，要么歪向左边；他们的眼睛一只向内翻转，一只直指天顶；他们的外套上饰有太阳、月亮和星星的形状，中间还交织着小提琴、长笛、竖琴、小号、吉他、羽管键琴和其他很多我们欧洲人没见过的乐器图案。我看见到处都有穿着仆人长袍的人，他们每人手里都拿着一根短棍，短棍的一端系有一个充气皮囊，看上去就像一个连枷。每个皮囊里都装有一小撮干豌豆或小石子（这是我后来才知道的）。他们时不时就用这种气囊拍打站在他们旁边的人的嘴和耳朵，我当时还不知道他们这么做的用意。这些人的脑子似乎一直在不停地思考和推测，以至于如果不通过外力击打他们讲话和聆听的器官，把他们唤醒，他们就无法自己讲话，也无法专心听别人讲话。出于这个原因，有经济能力的人都会在家里添置一个拍仆（当地的原话叫“克莱门诺”），出门和访友时都要带着这个仆人。这名仆人的职责是：在两人或多人的场合中，用气囊轻轻拍打想要说话的人的嘴，以及听此人说话的那些人的右耳。这名仆人还要勤勉地陪同他的主人一起散步，并时不时轻拍他的眼睛，因为他的主人总是沉浸在深思中，对眼前的危险视而不见，很可能会跌落悬崖、头撞在柱子上、在街道上被人撞倒，或是自己一跤跌进阴沟里。

有必要向读者说明这一点，这样他才能理解这些人的后续行为，否则他会和我一样茫然无措。他们引领我拾阶而上，去岛的上层，去王宫。在我们向上行进的途中，他们有几次忘了要做什么，就那么把我丢在一边，直到被拍仆唤醒记忆才又想起我。对于我这个异邦人的穿着、相貌他们全都表现得无动于衷，对平民们的叫喊也充耳不闻，后者的思维和心绪没有那么忙碌。

最终我们抵达王宫并进入接见厅，我看到国王坐在王座上，王座两侧站立着这个国家的高官显贵。王座前有一张巨大的桌子，桌子上面摆满了地球仪、球体和各种数学仪器。由于我们的到来，大厅里的宫廷人员弄出了不小的响动，然而国王陛下根本就没注意到我们。他正沉浸在一个难题之中。我们至少等了一个小时，国王才解决这个问题。他的两侧各站有一名手持拍打气囊的年轻侍从，每当他们发现他在走神，就会有一个人轻轻拍打他的嘴，另一个则拍打他的耳朵，他就像被猛然惊醒一样看向我和我的陪同者们，想起已经有人通报了我们的到来。他说了几句话，立刻就有拿着拍打气囊的年轻人来到我身边，轻轻拍打我的右耳。我尽力用肢体语言表明我不需要这种工具。后来我才知道，我的行为让国王陛下和全体王室人员以为我的理解能力非常差。根据我的猜测，国王在向我提问，我用我掌握的各种语言向他介绍我自己。当我们发现无法相互理解之后，国王命人将我安置在宫殿的某个房间中（这位国王有个超出所有前任的优点，那就是他很好客），并指派两名仆人跟随我。我的晚饭被呈上来，我荣幸地由四名贵人陪同用餐，我还记得他们站在离国王非常近的位置。我们吃了两道菜，每道菜都有三盘食物。第一道包括：切成等边三角形的羊前腿连肩肉，一片切成长菱形的牛肉，以及一个摆线形的布丁；第二道包括：被捆扎成小提琴形状的两只鸭子，长笛和双簧管形状的香肠和布丁，以及竖琴形状的小牛胸肉。仆人们将面包切成圆锥形、圆柱形、平行四边形和其他几种几何形状。

吃晚餐时，我冒昧地询问如何用他们的语言称呼其中几种食物；这些高贵的人在他们拍仆的帮助下愉快地为我做出解答，他们认为如果我能同他们交谈，就会对他们强大的能力生出崇敬之情。没过多久，我就能够自己让仆人呈上面包、饮品，以及其他任何我想吃的东西了。

晚饭后陪我吃饭的几位纷纷告辞，国王另外派来一个人和一个拍仆。那人带着笔、墨水、纸和三四本书，他用手势示意他被派来教授我语言。我们一起坐了四个小时，在此期间我写下大量单词，把它们排成几列，并在单词旁边写下对应的翻译。我还学了几个短句。我的老师让我的一个仆人做出各种动作，比如：拿东西、转身、鞠躬、坐下、站立、行走等等。我就把句子写下来。他还通过一本书中的图画向我展示了太阳、月亮、星星、黄道带、回归线、极圈，以及很多几何平面和立体图形的名称。他教给我所有乐器的名称和描述，以及演奏这些乐器时常用的艺术方面的术语。他离开后，我把所有的单词和它们的说明按照字母表的顺序排列。几天之后凭借着强大的记忆力，我对他们的语言有了一定的了解。

被我翻译成“飞岛”或“浮岛”的那个单词源自古勒皮他语，不过我怎么都找不出它的真正词源。在这种已被废弃的古语中，“勒”代表“高”，“皮荼”是一种控制器，飞岛人认为“勒皮他”就是“勒皮荼”的变体。但我不认同这种说法，看上去太牵强。我谨慎地向岛上的饱学之士提出了我的推测：“勒皮他”与“勒奥提德”近似；“勒”应该表示海面上翩翩起舞的阳光，“奥提德”是“翅膀”的意思。不过我不会强迫别人认可这种说法，还请审慎的读者自行判断。

被国王指派来照顾我的人看到我的穿着实在是不体面，就在第二天上午叫来裁缝为我量体裁衣。这名裁缝的工作方式和他在欧洲的同行们有所不同。他先用四分仪测量出我的身高，然后用直尺和指南针描绘出我的身体轮廓和各部位的尺寸，他把所有的测量结果都记录在纸上，六天后给我送来了做好的衣服。不巧的是，由于在计算中弄错了数字，这些衣服简直做得乱七八糟，看不出形状。不过当我看到这种事故发生的频率相当高，而且没人在意，也就心平气和地接受了。

因为要等待衣服制成以及偶染小恙，我趁着没有出现在人前的这段时间，将我的词汇量大大地扩充了一番。当我第二次觐见国王时，我已经能听懂他说的大部分话语，也能给出部分应答。国王陛下命令岛屿向东北偏东方向移动，去往拉格多的正上方，那里是王国在坚实土地上的首府。这段路程有九十里格[1]，用了四天半的时间。

1. 长度单位，1 里格约等于 4 000 米。

我一点都感觉不到岛屿正在空中行进。在第二天上午大约十一点钟的时候，国王本人在他的贵族、侍臣和官员们的陪同下，演奏起早已准备好的各种乐器，演奏无休无止地进行了三个小时。这声音震得我头晕脑胀；在我的老师为我解释之前，我完全不明白这么做的意义。岛上的人习惯在某些特定的时刻让他们的耳朵得到音乐的熏陶，王庭中人也就惯于用各自擅长的乐器承担起这一责任。

在去往首府拉格多的途中，国王陛下命令飞岛在某些城镇和村庄上方暂停，以便他接收来自臣民的祈愿书。收取方法就是从岛的底部把系着小重物的细绳垂放下去。地面上的人把他们的祈愿书系在细绳上，然后这些祈愿书就像男学生们放的风筝那样向上飞升。有时我们会从下方收到酒和食物，人们就用滑轮把它们拉上来。

在学习他们遣词造句的方式时，我的数学知识对我助益良多：他们的措辞在很大程度上依循科学和音乐，而我对音乐也略知一二。他们惯于并善于用线条和图形进行思考。比如，如果要称赞女性或其他动物很美丽，他们会用各种几何术语来描述：菱形、圆形、平行四边形、椭圆形等等；或者使用来自音乐的艺术性词语，此处不再赘述。我去参观了一下御厨房，那里面有各种数学仪器和乐器，厨师照着它们的形状切好肉块，然后呈献到国王的餐桌上。

他们的房屋建造得非常不规整，墙壁倾斜，任何房间内都找不出一个直角，而这一缺陷源自他们对实用几何学的轻视，他们轻蔑地认为这是粗俗、匠气的学问，他们给出的建造说明过于精练，让工人们难以理解，这就导致建造过程中总是出错。虽然他们能够在纸上娴熟地使用直尺、铅笔和圆规，但是在生活中的普通行为举止上，我还没见过比他们更笨手笨脚的人。除了数学和音乐，他们对任何问题都会感到困惑茫然，反应迟缓。他们不会摆事实讲道理，遇到相反的意见只会强烈地反对回去，除非他们恰好意见相同，但这种情况甚为少见。奇思妙想、异想天开和发明创造对他们来说完全无法想象，他们的语言中也不存在任何表示这种意思的词语。他们的头脑和思维完全被限制在如前所述的两门学问中。

他们中的大多数人，尤其是研究天文学的人，非常相信决疑占星术[1],虽然他们羞于公开承认这一点。我观察到他们对待新闻和政治的狂热态度，这是最让我敬佩却又完全无法理解的方面。他们孜孜不倦地打探公共事件，对国家事务发表他们的看法，激情洋溢地为党派舆论逐字进行争论。我的确在我认识的绝大多数欧洲数学家身上见到过同样的行为倾向，虽然我找不出这两种学科之间有丝毫相似之处；除非这些人认为：因为最小的圆形和最大的圆形具有相同的度数，所以管理和控制世界不需要额外的能力，只要能看懂并转动地球仪就够了。不过我更愿意相信这种特性源自人类本性的一个常见缺陷：我们总是对与我们无关的事务感兴趣，并自大地认为有权对其指指点点。不论是出于天性还是后天习得，我们都无法改变这一特性。

这些人时刻处于焦虑之中，头脑一刻也停不下来。他们的困扰则来源于和贩夫走卒们的生活毫无关联的事情。他们因极为担心天体的某些变化而产生恐惧。举例来说，地球不停地向着太阳运行，总有一天它会被太阳吸收或吞噬；太阳燃烧的残渣会逐渐将它的表面包裹起来，它将无法再向我们的世界挥洒阳光；地球以毫厘之差躲过了上一颗彗星的彗尾，如果被它扫过，地球必定灰飞烟灭……他们通过计算得出结论：三十一年之后的下一颗彗星很可能会置我们于死地。当彗星到达近日点，它会和太阳非常接近，（通过他们的计算，他们有理由惧怕）它将获得比被烧红的铁块还要高出一万倍的温度，然后它离开太阳，拖曳着一百万零十四英里长的炽热彗尾。

1. 欧洲占星术的两大流派之一。根据占卜时的天象来决定所提具体问题的答案。另一种是吉时占星术，认为星象决定的是大事走向。

如果地球从距离彗核或彗头一百万英里之内路过，那它一定会被彗尾扫过，燃起大火，烧成灰烬。太阳每天都向外发射光线，却从来得不到能量补充，最终会完全消耗殆尽，进而毁灭，而这一定会导致地球和其他所有接受太阳光线的行星因此灭亡。

他们对上述以及类似的迫在眉睫之事如此担忧并时刻保持警惕，以至于他们既不能安然入睡，也无法体会生活中的欢欣与乐趣。当他们在早晨遇到一位熟人，他们首先会询问太阳的健康状况，在降落与升起时它看起来怎样，有没有希望能避免与那颗即将临近的彗星相撞。他们不停谈论此类事情的心情就像喜欢听恐怖故事的小男孩们一样，小男孩们总是不厌其烦地听人讲关于小精灵和小妖精的故事，又总是被吓得不敢上床睡觉。

岛上的女子精力充沛、大方活泼：她们看不上自己的丈夫，格外青睐外人。这里总是有很多来自下面陆地上的人，他们或是为了城镇和公司的事务，或是为了特别的理由来到岛上的王庭觐见，但是他们总是遭到鄙视，因为他们没有王室要求的天赋。女士们就在这些人中选择她们的心之所属：让人恼火的是，她们这样做是如此轻而易举且安全无虞，因为她们的丈夫总是在专心思考，只要他的手边有纸和工具，而拍仆又不在身边，那他的妻子和她的情人就可以当着他的面肆意亲昵。

被困在岛上的妻子和女儿们心中充满哀伤，虽然我认为这里是世界上最美妙的地方。尽管她们在岛上的生活富裕充实、多姿多彩，可以做任何想做的事情，但她们还是渴望去看看外面的世界，去享受地上首府中的种种娱乐，可这需要国王的特别批准。很少有人能拿到这种批准，因为上层人士们通过以往常有的经验教训发现，一旦他们的女人到了下面，就很难劝说她们再返回岛上。有人告诉我，曾经有一位宫廷女官嫁给了首相，育有子女；首相是这个国家最富有的人，举止优雅，深爱着她；他们住在这个岛上最好的地段。这位贵女以健康为由下到拉格多，并在那里藏身数月。后来国王派人去搜寻她，搜寻人员在一家不起眼的小餐馆里找到了衣衫褴褛的她。她典当了自己的衣服用以供养一个又老又丑的侍者，他们生活在一起，他让她对他唯命是从，还天天殴打她。尽管她的丈夫极为宽容地接受了她，没有半点责备，但没过多久她还是带着所有的珠宝想尽办法偷偷地下了岛去找那个情郎，自此音讯全无。

也许读者会觉得故事更像是发生在欧洲或英国，而不是在一个遥远的国家。但是他仔细思考之后就会明白，女性的无常善变不受天气或国家的限制，各地的女性在这一点上拥有超出想象的一致性。

在大约一个多月的时间里，我对他们的语言有了一定的掌握，当我有幸面见国王时，我基本能够回答他的所有问题。国王陛下对我所属国家的法律、政府、历史、宗教和风俗习惯都不感兴趣，只询问我们的数学成果，他对我的叙述表现出极大的蔑视和漠不关心——尽管经常被立于他身旁的拍仆们提醒。

第三章

经由现代哲学和现代天文学解释的现象。勒皮他人在后者中的领先优势。国王镇压叛乱的方法。

我想离开国王，去看看岛上的奇异之处，国王仁慈而愉悦地给予准许，并命令我的老师陪同。我主要想知道这座岛能够运动是出于什么技术或自然原理。我会客观地为读者进行说明。

这座飞岛呈规整的圆形，直径七千八百三十七码，大概四英里半，因此面积是一万英亩。岛高三百码。站在下方向上看，岛底或者说岛的下表面是一块平整的金刚石，向上方延伸出有两百码的厚度。在它之上是按常规次序层叠堆放的几种矿石，最上面覆盖有十到十二英尺厚的沃土。岛的上表面从岛的四周向中心形成斜坡，距岛中心两百码的地方有四个巨大的圆形水盆，每个直径约半英里。所有滴落在岛上的雨水和生成的露水都能自然地汇聚成细小的水流，向岛中心流淌，最终注入水盆。在白天，盆中的水被阳光照射，不断蒸发，这样就可以有效地防止积水溢出。除此之外，君王有决定岛屿移动的权利，只要他愿意，无论何时都可以命令岛屿上升到云层或雾气上方，以避免雨水和露水滴落。因为云层只能形成于距离地面两英里以内的高度，这是博物学家们一致认可的结论，至少在这个国家还从未见过例外。

岛中心有一个直径约五十码的深坑，天文学家们由此向下可以进入一个巨大的穹顶内，这个穹顶被称作“弗兰多纳·盖格诺”，或者“天文学家的洞穴”，坐落在那块金刚石上表面以下一百码的地方。这处深穴内有二十盏长明灯，灯光经过金刚石的反射，将洞穴的各个角落都照得通明。这里有各种各样的六分仪、四分仪、望远镜、星盘和其他天文仪器。不过这里最奇特的物品是一块巨大的磁石，外形像织工用的梭子。它是这座岛的命脉，长六码，最粗的地方超过三码。一根金刚石做的坚固的轴穿过磁石的中心，将它架起，使它可以转动；磁石处于精确的平衡状态，即便最虚弱无力的双手也能拨动它。磁石被套在一个空心的金刚石圆环内，圆环环壁高四英尺，同等厚度，直径十二码，水平放置，有八个六码高的坚实支脚作为支撑。在圆环的内壁上有一道十二英寸深的槽，金刚石轴的两个端点就卡在槽中，并可根据状况转动。

任何力量都无法将磁石从所在的地方移开，因为套住磁石的圆环和其支脚本身就属于构成岛屿底部的金刚石的一部分。

通过操纵这块磁石，可以让岛屿上升、下降，也可以让它从一处移动到另一处。对于飞岛下方属于君王治下的疆土而言，这块磁石的一端具有和它相互吸引的力量，另一端则具有排斥力。当将磁石竖直摆放，并让具有吸引力的端点指向地面，岛就会下降；当让具有排斥力的端点指向地面，岛屿就会垂直向上攀升。当磁石处于倾斜的位置，岛的运动方向同样变得倾斜。对于这块磁石来说，作用力的方向和它自身指向的方向平行。

通过这种倾斜的运动，岛屿可以去往君王治下领土的不同地方。为了解释它的运行过程，我们把横穿巴尔尼巴比领土的线段命名为AB，CD 线段代表磁石，D 代表具有排斥力的端点，C 代表具有吸引力的端点，岛屿位于 C 点；把磁石按照图中 CD 线段的位置摆放，排斥力端点在下面，那么岛屿就会倾斜地上升去往 D 点。当岛屿到达 D 点后，转动磁石，令具有吸引力的端点指向 E 点，岛屿就会倾斜地前往 E 点；当它到达 E 点，再次翻转磁石，让它和 EF 线段平行，让有排斥力的端点在下方，岛屿就会倾斜地上升去往 F 点；在F 点将具有吸引力的端点指向 G，岛就会向 G 点行进；从 G 点到 H点，只要翻转磁石，将具有吸引力的端点指向下方。这样根据情况不断改变磁石指向的方位，岛屿就会倾斜着交替地上升与下降，通过这种交替升降（不考虑倾斜带来的影响），岛屿就能从王国的一处领地上移动到另一处。

不过必须注意，这座岛的移动范围不能超出下方领土的边界，它的上升高度也不能超出四英里。天文学家们（他们围绕磁石写出了大量的说明）为此做出如下解释：磁力的作用范围在四英里之内，和磁石相互作用的矿物位于下方土地深处，以及距离海岸六里格范围内的海底里；这种矿物只存在于国王的领地内，在地球的其他地方没有分布；飞岛所处的这种状况对国王十分有利，他可以轻而易举地让磁力相互吸引范围内的任何区域都臣服于他的统治。

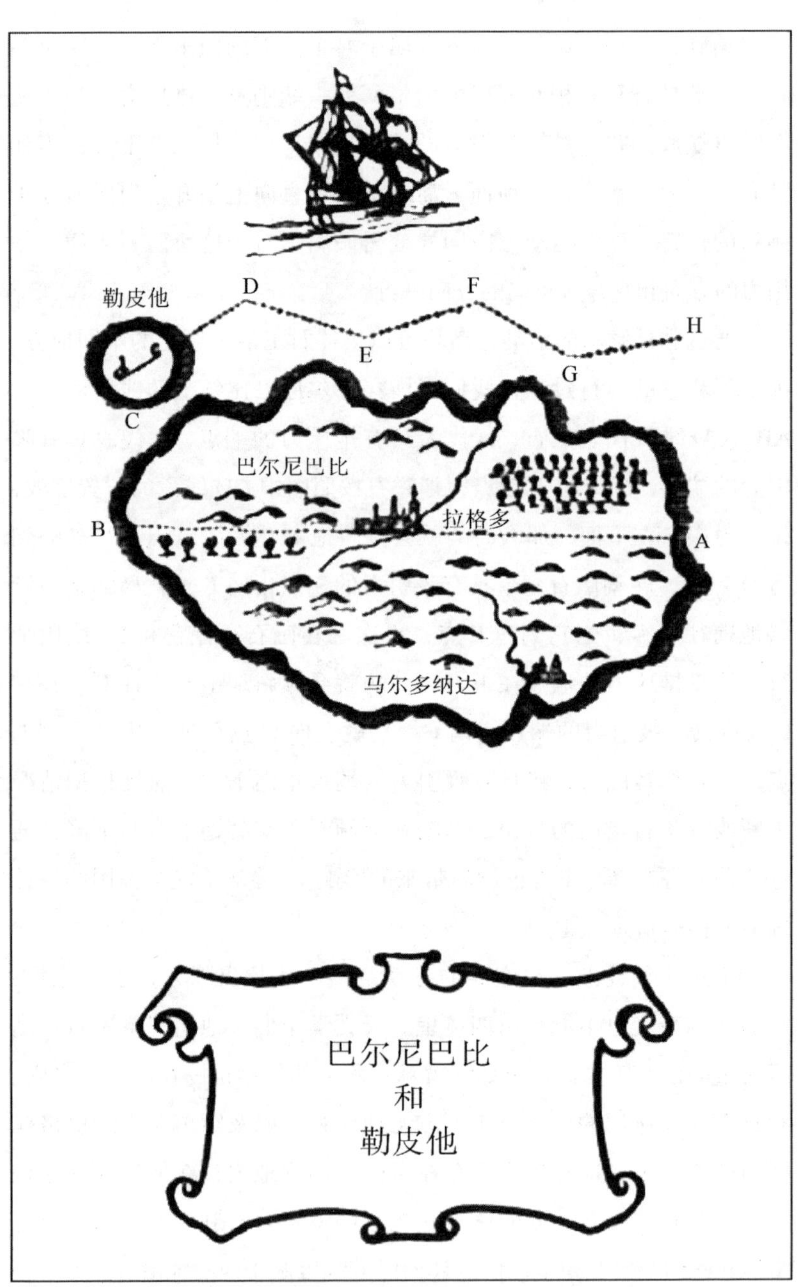
勒皮他
D
F
H
E
G
C
巴尔尼巴比
B
拉格多
A
马尔多纳达
巴尔尼巴比
和
勒皮他

当磁石平行于地平面时，岛屿就会静止不动；因为在这种情况下，它的两个端点和地球间的距离相同，受力相等，一边向下拉，一边向上推，因此不会产生任何运动。

几名天文学家负责看护磁石，他们时不时地应君主之命调整它的位置。他们将生命中的绝大部分时间都用于天体观测，他们用于观测的镜片比我们的优良数倍。尽管他们最大的望远镜只有三英尺长，但比起我们一百码长的望远镜的放大倍数还要高出许多，同时看到的星星也更清晰。这一优势让他们的发现比我们欧洲的天文学家多得多。他们的恒星名录里记载了一万颗恒星，而我们最大的恒星名录里记载的数量不超过它的三分之一。他们还发现了两颗围绕火星运行的小星，或者叫卫星。内侧卫星和主星中心的距离正好是主星直径的三倍，外侧卫星的距离是五倍；前者自转一周需十小时，后者需二十一个半小时；所以它们自转周期的平方与火星中心距离的三次方差不多成比例，这就是两颗卫星遵循相同引力定律的证明，这一引力定律同样作用于其他天体。

他们观测到九十三颗不同的彗星，并精准地计算出它们的运行周期。如果这些都是真的（他们对此十分确信），把他们的观测结果公开发表将是万众期望的事情：目前关于彗星的理论很不完善，漏洞百出，而他们的观测结果有可能将彗星相关理论提升到同其他天文学理论一样完美的水平。

国王如果能说服内阁和他合作，那他就可以成为这世间最为专权的统治者；但是这些大臣在下方的大陆上都各有资产，又考虑到国王的青睐很难维持长久，因而从不肯和国王一起奴役他们的领地。

如果有哪个城镇参与叛乱或暴动，变成反叛军，或者拒绝按时上贡，国王有两种方法镇压他们，让他们再次俯首称臣。第一种方法，也是最温和的处理方法，就是让岛屿悬停在这样的城镇和它的田地上方，以此剥夺他们享用阳光和雨水的权利，这样就可以让当地居民承受资源匮乏和疾病的折磨。如果他们罪行严重，还可以从岛上向下投掷大石块，他们对此无法抵御只能躲入地下室或洞穴里，而他们的屋顶都会被砸烂。如果他们仍然冥顽不化，或者暴乱升级，国王就会动用第二种方法，将岛屿直接降落在他们头上，这样不论是房屋还是人都会被压毁。不过国王还没有遇到过不得不做出如此举动的状况，一方面他是真的不愿将第二种方法付诸行动，另一方面他的大臣们也不敢建议他如此行事。因为岛屿是属于国王的私人土地，大臣们拥有的土地都在下面，如果他们向国王提出这种建议，就会使他们的领地遭受严重的损失，并为他们招来平民的憎恨。

不过除非必要，国王之所以一直不愿做出如此暴行，其实还有一个重要原因。一个将被摧毁的城镇，如果城内有高大的岩石（大些的城市通常都会如此，多半选址之初就考虑到要防备此种灾祸降临），又或者城中拥有高耸的尖顶或石柱，一次猛烈的降落有可能对岛屿底部或下表面造成伤害。虽然如我之前所说，岛底由一整块两百码厚的金刚石构成，但它也有可能会因为剧烈的撞击而开裂，或者因距离下面房屋燃起的火焰太近而爆炸，就像由铁和石头砌成的烟囱内壁那样。能做到这一切的人们都很清楚，为了他们的自由和财产，他们的负隅顽抗会导致什么结果。当国王怒不可遏，决定将某个城市碾压成一堆瓦砾时，他会命令岛屿尽最大可能缓慢降落，表面上看是对他的子民怀有慈爱之心，可实际上是害怕损坏坚硬的岛屿底部。岛上的所有学者都认为，一旦岛底破碎，磁石将无法再托住它，它会整个坠毁在地面上。

在我来到这里的三年前，国王正在他的领地上空进行巡游时，发生了一起极为严重的事件，差点儿为这位君主的统治画上了句号，至少现在大家都这么认为。林达里诺，王国第二大城市，是国王陛下巡视的第一站。就在他离开三天后，经常抱怨饱受压迫的市民们关闭了城门，抓捕了执政官，以不可思议的速度和工作热情分别在城市的四角竖起四座高塔（这座城市是个正方形），塔的高度和城市中心耸立的坚固、尖利的岩石的高度等同。在每座塔的顶部以及岩石的上方，都固定着一块巨大的磁石，为了以防万一，他们还准备了大量的易燃燃料，为的是一旦磁石计划失败，就用它们来烧裂坚固的岛底。

直到八个月之后，国王才知悉林达里诺市民们的叛乱行为。他随即下令，让岛屿悬浮于该城上空。市民们团结一致，他们存储了大量的食物，而且还有一条大河在城中心穿城而过。国王在他们上空悬停了几天，剥夺了他们的阳光和雨水。他下令垂放下很多细绳，然而没有一个人递上祈愿书，相反都向他提出了非常大胆的要求：改正所有的不平等对待，减免大量税收，允许自行选举执政官，等等，诸如此类无法无天的要求。作为对这些要求的回应，国王陛下命令岛上的所有居民从低层长廊上向下投掷大石块。而市民们对这种恶行的应对方法则是带上他们的财产躲入四座塔内及其他的坚固建筑和地窖中。

国王随即决定消灭这些傲慢的平民，他命令岛屿缓慢下降到距离高塔和岩石顶端四十码以内。命令得到执行，但是执行命令的官员们发现岛屿的降落速度比平常要快，即使转动磁石，也很难让它维持在一个稳定的位置上，他们发现岛屿在不断地下落。他们立刻将这一惊人状况告知国王，并请求国王陛下准许提升岛屿高度。国王批准了他们的请求并召集了一个顾问团，命令负责操纵磁石的官员们也加入其中。他们中最年长、最有权威的一位专家得到许可，做了一个实验。将岛屿上升到感知不到下方吸引力的高度后，他拿出一根一百码长的结实长绳，在一端系上一块内部置有铁矿混合物的金刚石，这块金刚石具有和构成岛底的那块金刚石相同的特性，在低层长廊上将这块金刚石向塔顶缓慢地放下去。金刚石块下降了不到四码，专家就感受到了一股向下的强大拉力，他几乎无法将金刚石拉回来。他随后向下方扔了几个小金刚石块，观察到它们被迅猛地吸附到塔的顶端。他在另外三座塔上和那块岩石上做了同样的实验，得到了同样的结果。

这次事件让国王完全束手无策（之后的种种详情我就不再赘述了），他被迫同意接受该城提出的所有要求。

一位高官以确定的口吻告诉我，如果岛屿离城市过近以致无法再次上升，那些市民一定会采取一劳永逸的方法，他们会杀掉国王和他的所有侍从，彻底改变当前的体制。

据这个国家的基本法规定，国王和他最年长的两个儿子不得离开该岛，王后只有在生育期过后才可以离岛。

第四章

作者离开勒皮他；被送到巴尔尼巴比，来到首府。关于首府和乡村的描述。作者被一位大人热情招待。他和这位大人的谈话。

虽然我不能说在岛上遭人慢待，但是必须承认，我觉得自己遭到了过分的忽视，甚至于某种程度上的轻视。除了数学和音乐，不论国王还是民众都对我所掌握的其他知识丝毫不感兴趣，而我在这两点上的造诣又远远比不上他们，因此没有得到他们的丝毫尊重。

从另一方面来讲，看过这座岛上所有的奇观之后，我对这里的人已经感觉十分厌烦，非常渴望能离开这里。他们的确在两个科学领域里取得了卓越的成就，我对此深表敬重，我自己对这两个领域也很熟悉；但同时我也从没遇到过像他们这样过于专注思考、简直令人难以忍受的同伴。在此居住的两个月里，我只和女人、商人、拍仆、宫廷侍从们交谈，也因此让我最终变成了被极度轻视的人；可他们是唯一能给我合理回答的人。

我已经通过刻苦努力熟练地掌握了他们的语言；我讨厌被困在这座得不到认同的岛屿上，决心一有机会就离开这里。

王室中有一位地位极高的大贵族，出身几乎和国王相当，也仅仅因此受人尊敬。王室的人都认为他是王室中最无足轻重、最愚蠢的人。他曾为王国做出过很多出色的贡献，天性高贵又教养不凡，为人正直，受人尊敬。然而他对音乐一窍不通，据他的诋毁者们说，他甚至总是打不准拍子；他的老师们绞尽脑汁也无法教会他证明最简单的数学命题。他跟我很亲近，经常屈尊前来拜访我，喜欢听我讲欧洲的事情，听我讲我游历过的那些国家的法律制度、风土人情、社会风俗和学术状况。他专心致志地听我讲述，针对我讲的每件事都能给出有见地的评论。以他的身份，自然也有两个拍仆，但他只有在宫廷里或庆典上才用得到他们；在只有我们两个人的时候，他总是会命令他们退下。

我恳请这位杰出的人物为我向国王陛下求情，准许我离开。虽然他觉得很遗憾，但还是欣然应允，并说到做到：他之前曾数次提出极为优越的条件想请我留下，但我始终婉言谢绝，并表示我对他无比感激。

在二月的第十六天，我告别了国王陛下和他的王庭。国王赠予我价值两百英镑的财物；我的保护人，那位国王的亲戚，所赠予的要更多，还给他在首府拉格多的朋友写了一封推荐信。岛屿悬停在一座山峰上空两英里处，我在最底层的长廊上，以跟上岛时同样的方式被放了下去。

这片隶属于飞岛君主统治下的大陆叫作巴尔尼巴比，它的首府——如我之前所说——叫作拉格多。再次站在坚实的土地上让我感到一丝满足。我毫不犹豫地向城市走去，我穿着和当地人一样的衣服，并熟知该如何与他们对话。我很快就找到那位大人的住所，把推荐信交到他手里，受到了热情的欢迎。这位大人名叫穆诺蒂，他在自己家里为我安排了房间，供我在此地停留期间居住，他的招待让我感到宾至如归。

第二天早上，他带我坐着马车去城里转转。这座城市的面积约为伦敦的一半，它的建筑物外形都很奇怪，而且大多数都年久失修。大街上的人行色匆匆，看上去很粗野，眼神凝滞，多数人都衣衫褴褛。我们穿过两座城门之一，来到三英里外的乡村，我看到很多人在田地里拿着几样工具劳作，不过我看不出他们在做什么；尽管这片土地看上去很肥沃，我却没看到期望中的小麦或牧草。我实在欣赏不了这些城市和乡村间的奇怪现象，冒昧地向我的向导提出我的疑惑，希望能得到他的解答：街道上和田地间，这么多辛劳的头脑、双手和面容到底在忙于何事？我没看到他们做出任何成果；恰恰相反，我从没见过如此寸草不生的土壤，没见过这么胡乱搭建、损毁严重的房屋，没见过形容如此贫穷困苦的人。

穆诺蒂大人是尊贵的上流人士，之前曾担任过好几年拉格多的执政官，但是被几名大臣构陷，以能力不足为名被罢免。不过国王待他还是很亲切，认为他虽然头脑不清楚，但为人还是很好。

当他听到我针对这个国家和它的人民做出的直率批评时，他没做过多的解释，只是说我来到这里的时日尚短，不足以让我做出正确的判断，不同的国家有不同的风俗等类似的常用托词。但当我们回到他家后，他问我喜不喜欢他的房屋，是否发现荒谬的地方，我对他的仆人们的穿着和精神面貌有没有什么不满。他问这些问题时对答案自然心中有数，因为和他相关的一切都华丽、优雅、中规中矩。我回答他说，阁下的英明、高尚和财富使您免于遭受愚蠢和赤贫在其他人身上造成的缺陷。他说如果我愿意去他在二十英里外的乡间别院，就可以在他的产业上更轻松地谈论此类话题。我告诉这位阁下我听凭安排，于是第二天早上我们就出发了。

途中他让我观察了农民们耕种土地的几种方法，在我看来他们完全是在胡搞；除去极少几处地方，我完全看不到一株麦穗或是一片草叶。但是行进了三个小时之后，景色完全变了样。我们来到一片景色优美的乡村；农舍密集，修建整齐；田地界限分明，有葡萄园、麦田和草场。在我的记忆中，我从未见过如此令人心情愉悦的景象。这位阁下看到我的脸色由阴转晴；他叹了一口气，告诉我从这里开始直到他的别院，这些都属于他的产业。他的同胞都嘲笑他、蔑视他，认为他没管理好自己的产业，是王国内典型的反面教材，只有极少数像他一样老迈、顽固又软弱的人才会效法他。

我们终于到达他的别院，这是一座典型的贵族建筑，仿照古代建筑的最佳典范建造而成。它的喷泉、花园、小径、林荫道和树林造型别致，很有品位。我对每样事物都赞不绝口，而这位阁下却无动于衷。直到晚餐后，没有第三者在场，他非常悲伤地告诉我，他怀疑他将不得不推倒他在城里和乡下的房屋，把它们改建成现在流行的样式，他还要毁掉所有的田地，把它们改造成符合当前社会要求的模样，并且还得指示他的所有佃农做同样的事情。如果不这么做，他就会为自己招来种种非议：傲慢自大、特立独行、装腔作势、愚昧无知、异想天开，还有可能增加国王对他的厌恶。

他说如果他之前就将详情告诉我，那我显露出的喜悦之情很可能就会减少甚至消失。我在王庭的时候绝对不会听到此类事情，因为那里的人太沉迷于自己的思考之中，根本就不关注下面发生了什么。

他告诉我的事情大致如下：大约四十年前，一些人登上了勒皮他岛，他们可能是去经商，也可能是去玩乐。五个月后他们回来了，没有学会一星半点的数学知识，反而习得了空中岛上的轻佻做派。这些人一回到地面，就对这里的所有行事准则都感到不满，他们计划颠覆所有人文、科学、语言和工程学的基础。为了这个目的，他们申请到皇室特许，在拉格多建立起研究学院；这种风气在人群中广泛流传，很快王国中的每个城市都成立了这样的学院。这些学院里的教授为农业和建筑学制定了新的规则和方法，为每个行业和从业人员发明了新的仪器和工具。他们承诺，使用他们发明的工具，人们在工作中可以以一当十；一个星期就能盖出一座宫殿，而且建材无比耐用，无须维护就可永久使用；所有植物结出的果实会在人们认为适合收获的季节成熟，产量会比当前增长一百倍。他们还提出了无数其他的乐观预想，唯一的麻烦在于，这些研究没有一个能得到完美实现，与此同时整个国家处于极大的资源浪费中，房屋成为废墟，人们缺衣少食。即便如此，他们也没有气馁，在希望和绝望的双重驱使下，他们以相比之前还要强五十倍的坚定决心继续推行他们的研究。至于这位阁下，他没什么进取心，很愿意以老派方式处理事物，住在祖先建造的房屋中，像祖先那样生活，不需要创新。少数品格高尚的上流人士和他一样行事，却被人厌恶、看不起，他们被看作艺术的敌人、无知的人、邪恶联盟，在大家都为国家的进步而努力时，他们却选择安逸和懒惰。

这位大人认为我应该参观一下学院，还说他不会再添加任何细节，以免破坏我参观这所伟大学院时的好心情。他只希望我能去看看一座在三英里外的山坡上被炸毁的建筑。据他所述，他在离此地一英里半的位置曾经有一座非常实用的磨坊，磨坊的动力来自一条大河的水流，这座磨坊的产出足够供应他的家庭和他的众多佃农的需求。七年前，一群研究者们找到他，建议他毁掉这座磨坊，在那座山的山坡上重新修建一座，并在长长的山脊上挖出一条水渠通往一个蓄水池，利用管道和水泵把水送到上面，再用里面的水来向磨坊提供动力。因为高处的风和空气能够搅动水流，加快它的流速，又因为是沿着斜坡流下，所以比起平地上的河流，只用原来一半的水量就能带动磨坊运行。他说因为当时他和王庭之间的关系不太融洽，又被众多朋友规劝，他就接受了这个建议。他雇了一百个工人做了两年，结果失败了，研究者们离开了这里，还把所有的错误都归咎于他，从此不停地责备他。这些人又去别人那里推行同样的计划，给出同样成功的保证，得到了同样令人失望的结果。

几天后我们回到城里，这位阁下考虑到他在学院内声名狼藉，没有亲自陪同，而是推荐了他的一位朋友陪我一起去那里。这位朋友很愿意将我介绍给学院里的人，他说我对研究工作充满敬仰，是一个充满好奇心并且愿意相信别人的人；他倒也没说错，我年轻的时候也是个类似这种研究者的人。

第五章

作者参观拉格多的伟大学院。关于学院的描述。教授们投身的领域。

这所学院并不是只有一座建筑，它占据了一整条街道，街道两边绵延不绝的房屋都属于该学院，街尾的空地也已经被买下来，用来盖更多的房子。

我受到院长的热烈欢迎，在这所学院里参观了很多天。学院的每个房间里都有一到多名研究者，我确信这里的房间超过了五百间。

我见到的第一个研究者形容枯瘦。他的手和脸上黑漆漆的，头发和胡子长而凌乱，有几处看上去被火燎过。他的外套、衬衫和皮肤都是一个颜色。他在研究如何从黄瓜中萃取出阳光，装入小瓶中密封起来，在狂风暴雨肆虐的寒冷夏日里，放出阳光，温暖空气。他已经研究了八年。他告诉我在这八年里他从未怀疑过他能够以合理的出货速度为执政官的花园提供阳光；但是他抱怨说他的存货量太低，并请求我送给他点什么作为对他的聪明才智的鼓励，特别是在近来黄瓜价格非常高昂的情况下。我送给他一件小礼物。陪同我来此的那位大人知道这些学者有向来访者索要财物的习惯，因此他在来之前特意给了我一些钱。

我走进另一个房间，却立刻止住脚步想要后退，因为我差点被一阵恶臭熏死。我的向导把我推进房间，并在我耳边低声恳请，让我不要冒犯这位研究者，否则很可能会被他记恨。我吓得连鼻子都不敢捂住。这个房间里的研究者属于这所学院最初始的那批学生；他的头发和胡须都呈灰黄色；他的双手和衣服上布满污秽物。当我被介绍给他时，他紧紧地拥抱了我（我本可以躲开这个问候）。他自从进入学院后从事的工作就是研究如何将人类的排泄物还原成原本的食物。他将排泄物分成几部分，除去它从胆汁中吸收的颜色和气味，让臭味挥发，撇除唾液。每周他都能从学院收到材料补贴，就是一大堆排泄物，足能装满布里斯托[1]所有的酒桶。

我看到另一个人在研究将冰煅烧成火药，他给我看了一篇他写的论文，里面论证了火的可塑性，他打算发表这篇论文。

有一名心思最为巧妙的建筑师，他发明了一种建造房屋的新方法。先建造屋顶，然后向下建造其他部分，最后打地基。他用两种

1. 英国西南部城市。

精明的昆虫——蜜蜂和蜘蛛——的类似行为向我证明了这种方法的可行性。

有个人天生双目失明，因此他有几个学徒做助手。他教授他们通过触觉和味觉分辨颜色，而学徒们的工作就是为画家调制颜料。而我很不幸地在拜访他们时发现，学徒们学业欠佳，教授本人也经常犯错。这位艺术家受到同行的尊重并获得很多鼓励。

另一个房间里的研究者的工作让我大为开心，他发明了一套用猪耕地的方法，这样可以节省雇用人力和购买牛、犁的费用。该方法是：在一英亩的土地上，每隔六英寸就在距离地面八英寸深处埋入大量这种动物最喜欢的食物，比如橡子、海枣、栗子，以及其他的果实或蔬菜；然后将六百头或更多的猪赶到田地里，几天之后，它们在翻找食物的过程中就能把整个田地刨成适合播种的样子，同时会用它们的粪便滋养田地。千真万确。他们通过试验发现这种方法花费巨大，无比麻烦，而且最后颗粒无收或只有很少的收成。不过毫无疑问，这种新方法还有很大的改进空间。

我走进另一个房间，这里所有的墙面和天花板上都挂满了蜘蛛网，只留出一条很窄的走道供这里的艺术家进出。当我走进房间时，他大声喊道让我不要弄乱他的网。他痛心疾首地说使用蚕虫是全世界迄今为止犯得最严重的一个错误，我们明明在自己家中就有比前者更为优秀的昆虫，它们不仅会吐丝，而且还会纺织。他还有更进一步的建议：通过蜘蛛吐丝，可以把给丝绸染色的费用完全省下来。在他向我展示了大量色彩斑斓的苍蝇之后，我确信他的研究能够成功。他用这些苍蝇喂养蜘蛛，并向我们保证蜘蛛结出的网会因此而染上颜色。他已经有了各种颜色的苍蝇，只要他能为苍蝇找到合适的含有胶质、油脂和其他黏性物质的食物，让蜘蛛吐出的丝线更加坚实牢固，他就能让每个人都得到合乎心意的彩色丝绸。

有一名天文学家在着手将日晷装在市政厅房顶的大型风向标上面，通过调整地球和太阳的公转与自转，让日晷的指向与风向标被风吹动后所指的方向重合。

我突然感到小腹有些疼痛，于是我的向导将我领入一个房间，这里有一位手段高明的医生，他使用同一种器械做出相反的操作，最擅长治疗我这种病。他有一对很大的风箱，风箱上安装了一根象牙形状的细长管子。他将长管伸进肛门以内八英寸，然后向外抽气，他保证这样可以将肠子捋得像风干的膀胱一样又直又软。但是如果病症极为严重难以治愈，他就会将风箱充满气体，然后将长管插入病人体内并向内鼓气，当他抽出长管给风箱充气时，他会用拇指紧紧堵住病人的肛门；如此反复三四次，再让鼓入体内的气体猛烈地向外排出，同时将毒素带出体外（就像用水泵抽水一样），病人随之痊愈。我看到他在一条狗的身上试验了这两种方法，但没看出第一种方法产生什么疗效。至于第二种方法，这只动物在快被撑爆的时候，剧烈地向外排泄，那种场面让我和我的陪同者们感到极为不适。这条狗当场死亡，我们离开后，医生还在用同样的方法努力抢救它。

我参观了很多房间，不过还是让我言简意赅一些，不向读者赘述我看到的所有奇观为好。

迄今为止我只看到学院一侧的情况，在另一侧工作的人，都是更高级的思想家和大学者。在介绍他们之前，我要再介绍一位在之前的参观中见到的人，一位杰出的人，一位被称为全能学者的人。他告诉我，三十年以来他一直在为提高人类的生活水平而思考。他拥有两个大房间，里面装满各种神奇的装置，有五十个人在为他工作。有些人通过萃取硝石并渗入液体粒子的方法，将空气凝缩成可触摸的干燥物质；有些人要将大理石软化，制成枕头和针垫；有些人在让活马的马蹄石化，以防磨损。这位学者本人则致力于两项伟大的构思：第一个，将谷壳种入土里，他通过几个我以现有知识无法理解的实验向我展示谷壳里含有真正的生命精华。第二个，将胶质、矿物和蔬菜的混合物涂抹在两只羊羔的身上，阻止羊毛的生长；他期望在不久的将来，能够在全国范围内推广无毛绵羊的养殖。

我们穿过街道，来到学院的另一侧，我已经讲过，这边的人都是更高级的思想家和大学者。

我见到的第一位教授拥有一个大房间和四十名学生。寒暄过后，他发现我在认真观看一个占据了房间大部分面积的框架，于是说道，或许我会惊讶于他正在研究如何通过手动进行机械操作来增进思辨知识[1]；但不久，全世界都会意识到这一研究的效用之大。然后他又自夸还没有哪个头脑能想出比它更崇高的主意。每个人都知道，要想通过普通方法掌握人文和科学方面的知识需要付出艰苦的努力；而通过使用他设计的工具，即便是最无知的人，只要花费合理的价钱，只要付出一点体力劳动，不需要任何天赋或学习，就可以写出哲学、诗歌、政治、法律、数学、神学等等相关书籍。他带领我来到框架前，他的所有学生在框架旁分排站立。它有二十英尺见方，被置于房屋中间。它的表面布满了骰子大小的木块，有的木块比其他的大一些。这些木块被金属细线串在一起。这些木块的每个面上都贴着纸片，纸上写有他们语言里的所有单词，包含各种语气、时态和词形变化，但完全杂乱无章。教授接下来要启动引擎让这个装置开始工作，他邀请我观看这一过程。框架周围装有四十个铁质手柄，在他的命令下，他的每名学生握住一个手柄，猛地一转，所有单词就都变换了位置。然后他命令三十六名学生轻声读出框架上显示出来的几行单词；当他们发现三四个单词可以构成一句话的组成成分时，

1. 哲学术语，指通过思维推演而得的纯理论性知识。

就让剩下的四名学生写下他们口述的内容。他们这样重复了三四次。这台装置设计得很巧妙，每转动一次手柄，那些木块就会发生翻转，单词也会移动到新的位置。

这些年轻的学生每天要在这项工作上劳作六小时，教授向我展示了几大本已经记录下来的残缺句子，他打算把这些句子拼接在一起，用这些丰富的资料向世人献上完整的人文和科学知识。这项工作还可以进一步改善和加速，只要公众能够募集资金，在拉格多建立五百个这样的框架并投入使用，并责成管理者们将各自搜集到的记录汇聚到一处。

他信誓旦旦地对我说，从青年时代起他就全身心地投入到这项研究中，已经把整个单词表输入框架里，他还精确地计算出了书中用到的各类单词所占的比例，包括虚词、名词、动词和其他词类。

我向这名杰出的人物和他伟大的发明致以最谦恭的敬意。我向他允诺，如果我能有幸返回家乡，我一定会公正地承认他是这架神奇机器的唯一发明人；我会在报纸上对这架机器的外观和精妙之处做出翔实的描述。我告诉他，虽然欧洲的学者们惯于相互剽窃发明创造，以此牟利，以致挑起到底谁才是真正发明人的争议，但是我会非常谨慎，保证不会有人得以和他争抢这份荣誉。

我们接下来去了语言学院，三名教授坐在一处商讨如何改进他们本国的语言。

第一项研究是缩减语言。首先将多音节词削减成单音节词，其次要去掉动词和分词，因为在现实世界，所有能想象出的事物都能用名词指代。

另一项研究是废除所有的单词。要大力推进这个研究，因为它对健康和简洁这两方面都十分有益。很明显，我们每说出一个单词都会对我们的肺造成一定程度的损害，如此日积月累就会缩短我们的寿命。他们提出一个简便可行的替代方法，既然单词只是所有事物的名称，人们在讨论事情的时候，只需要摆出必要的事物，用以表达他们想要说的话就够了，这可以让人们更方便地做事。这项计划本可以早就得到实施，为国民带来极大的便利和健康；然而妇女和那些目不识丁的粗人威胁说，如果不允许他们像他们的先祖一样用他们的舌头自由地说话，他们就会发动叛乱。对科学充满敌意的人，一直以来都是那些普通民众。不过也有很多饱学之士在坚持执行这个用物品进行表达的新方法，唯一的不便之处在于，如果他处理的事务规模庞大、种类繁多，他就不得不分成几次搬运众多的物品，除非他能请得起一到两名健壮的仆人和他一起搬运。我在街上经常看到这类智者，他们被沉重的包裹压弯了腰，就像那些走街串巷的商贩一样；当两人在街上碰面，他们就会卸下负重，打开袋子，进行一场长达一个小时的交谈，然后再收拾起各种物品，帮助对方重新背起重担，相互告别。

但是如果只进行简短的交谈，他可以将物品装在衣袋里或夹在腋下，这样就可以满足他的需求。如果是在家中交谈，就更方便了。因此在贯彻这种行为的人的客厅里，摆满了触手可及的必要物品，用来进行这种别扭的对话。

教授们对这种方法还有一个更进一步的提议——让这种语言成为所有文明国家的通用语。这些国家的物品和用具应该都是相同或类似的，这样人们可以轻松地理解彼此要表达的意思。对于语言完全不通的两个国家来说，其中一国的大使也足够有资格会见另一国的国王或首相。

我在数学学院看到，导师在以欧洲人想象不到的方法教导学生。命题和证明竟然被写在一张薄饼上，用来书写的墨水由提取自头部的酊剂制成。学生需要斋戒空腹，吞下薄饼，之后的三天内只吃面包和清水。随着薄饼被消化，酊剂被大脑吸收，命题也一同被吸收进大脑。然而这种方法迄今为止没有成功过，部分是因为墨水的剂量或成分有问题，部分是因为这些学生故意违反规则。他们觉得这种饼吃着太恶心，总是偷偷地躲到一边，在它被消化之前就把它吐出来，而且他们也从没老老实实地按照要求的时间断食。

第六章

对学院的进一步描述。作者提出改进建议并有幸被接受。

我对政治学院感到很失望，在我看来这里的教授们全都是疯子，在这里看到的一切都让我感到悲哀。这些不幸的人提出一个计划，劝说君主们应该挑选如下所述的人作为他们的依靠：具有智慧、能力和美德的人；教育大臣们考虑公众利益的人；能针对功勋、伟业给予奖励的人；能指导国王，让他了解他的利益其实和民众的利益息息相关的人；让别人能充分发挥自己能力的人。他们还提出了其他狂野的、不现实的、从没有人提出过的臆想。他们让我越发坚定了之前的一个看法：无论多么离奇怪诞、荒唐无稽的看法，总会有些哲学家把它认作真理。

但是如果说这个政治学院里的人都没有远见卓识，我认为也不够公正。有一位极为聪明的医生，他对自然界和政府体系的运作都非常精通。这位优秀的人通过他的研究成功地找到了针对所有疾病和腐败的有效疗法。由于管理者的堕落或软弱，以及被管理者的放荡行为，很多公共管理部门都被腐败所感染。比如，所有的作家和理论家们都认为生物体和政治体系之间严格来说普遍具有相似之处；

是否有明显的证据表明两者的健康都需要得到保护，同样的处方能否治愈两者类似部位的疾病？参议院和大议事会经常被某些疾病所困扰是一个不争的事实：啰嗦，易冲动，他们的脑袋里的毛病不少，心中的毛病更多；剧烈的抽搐，双手，尤其是右手神经和肌腱的剧烈收缩；脾胃不适、腹部胀气、眩晕、胡言乱语；充满恶臭毒素的淋巴肿瘤；眼睛酸痛、食欲不振、消化不良；除此之外还有很多病症，就不一一赘述了。因此这位医生提议，当参议院开会时，要安排数名医生参加前三天的会议，每天的辩论结束时他们也要在场，他们要测量每个参议员的脉搏；测量之后，经过深思熟虑，参照自然界中几种疾病的症状和治疗方法，他们将在第四天和携带对应药物的药剂师们返回参议大厅；在成员们坐下之前，分别针对每个人的症状让他们服下泻药、开胃药、清肠药、腐蚀剂、止血药、缓释剂、通便剂、头痛药、治疗黄疸的药、化痰药、治疗听力的药，并根据这些药物的治疗效果，在下次会议上让议员们继续服用、改变药方，或停止服用。

这个方案不会让公众承担任何巨大的开支，而且以我浅薄的见识看来，在参议院拥有立法权的国家，该方案能够大大增强参议院的作用；它能让人们意见统一，缩短争论时间，让少部分不发表意见的人张嘴，让大多数总是提出意见的人闭嘴；还能抑制年轻人的急躁，更正老年人的自信；让愚者变聪慧，让激进者谨慎。

还有一件事，人们经常抱怨那些统治者的宠儿们记忆力不好，总是健忘，这名医生提出建议：不论是谁，当他以简短明确的话语向一位部长讲明需要处理的事务之后，在告退之前为了防止他忘掉这件事，他应该拧一下这位部长的鼻子，或是踢他的肚子，或是踩他的鸡眼，或是拉他的两只耳朵三次，或是用针扎他的屁股，或是把他的胳膊掐出青紫色。在每个接见日都重复上述动作，直到提议得到解决或被完全拒绝。

这位医生还指出，国家大议会的每个议员在表述完他的意见并为之辩护后，都应该强迫他人投票反对自己；因为如果他的提议得以通过，公众的利益则必然会受到损害。

如果国内的党派之间斗争激烈，这位医生提出了能让他们相互妥协的巧妙方法。具体如下：每个党派选出一百名领导，将头部尺寸最相近的人匹配成对；让手法高超的人同时锯下每对领导人的后脑，确保大脑被分成相等的两份。交换被锯下的后脑，把它安在对手党派人士的头上。这项工作看上去需要极高的精确度，但是这位教授向我们保证只要执行人手法熟练，伤口一定会痊愈。他论证如下：这两个一半大脑在同一个颅骨空间内就某个问题彼此进行争论，它们很快就会达成共识，形成有节制、有规律的思考方式，对于那些认为自己生来就是为了照看和管理这个世界的人来说，这种方法很适合他们。至于两党中头面人物的大脑在体积上或是在质量上的差异，医生以他的知识向我们保证，完全是微不足道的。

我听到两位教授在热情地讨论如何能够广泛而有效地聚敛钱财但又不会让民众伤心。第一位教授认为最合理的方法就是向恶人和蠢人收税，由此类人的邻居们组成评审团决定应该收取的税金数额，这种方法最为公平。第二位教授持完全相反的看法。他认为应该向强健、聪明的人收税，这类人最珍惜他们的身体和头脑，税金数额取决于他们的优秀程度，并完全由他们来决定。应该向最受女士们欢迎的男性收取最高的税金，根据喜欢他们的人数和喜欢程度进行评估，他们可以为自己提供证明。机智、勇敢和礼貌也应该用同样的方式被大幅收税，每个人自己上报他所拥有的品质。但是不应该对荣誉、公正、智慧和学识收取任何税金，因为这些品质实属特殊，没有人会承认他们的邻居拥有，也没有人会珍视自身所拥有的。

应该对女性的美貌和着装技能收税，她们和男性拥有同等权利，由她们自行判断她们的美丽程度和衣着品位。但是不应对专心、忠贞、理智和善良收税，因为她们负担不起获得这些品质所需的花费。

为了让议员们能够保障皇家的利益，应该采用抽签的方式进行选举。每个人首先都要发誓保证不论是否入选他都会为皇室投票；落选的人可以自由地参与下一个空缺职位的抽签式选举。这样参选人总是抱有希望，没有人会因为承诺无法兑现而抱怨，他们只会将失望全部归咎于命运，而命运比内阁更加肩宽体壮，承受得起。

另外一名教授给我看了一大张纸，根据上面记录的指导方法可以发现存在于政府内的阴谋诡计。他建议伟大的政治家们去检查所有可疑的人的食谱、他们吃东西的时间、他们睡觉侧身的方向、他们用哪只手擦屁股；严格地检查他们的排泄物，从颜色、气味、浓稠度、软硬度、消化程度上判断他们的思想和意图。因为人在上厕所的时候绝不会严肃认真、深思熟虑、专心致志，他已通过多次实验证明了这一点。当一个人在筹划危险事件时，哪怕他只是在大脑内想了一下谋杀国王的最佳方法，他的排泄物中就会含有一种绿色的物质；如果他盘算的只是发起叛乱或者在首府纵火，他排泄出的物质就完全不一样了。

整篇论述笔触犀利，包含很多对政治家来说既奇特又有用的实例，但在我看来尚有不足之处。我大胆地向作者指出这一点，并问他是否愿意在其中添加一些内容。同大多数作家们不同（尤其是那些善于研究的作家），他欣然接受了我的建议，声称他很高兴接收更多的信息。

我告诉他在一个叫作垂布尼亚[1]的国家，有一座被当地人称为兰

1.“不列颠尼亚”的变称。

登[1]的城市，我在旅行途中曾在那里住过一段时间。那里的大部分居民都是发现者、目击者、告密者、指控者、公诉人、证人、宣誓人，他们依照大臣们及其代理人们的立场和指示，使用各种卑鄙下流的手段行事。在这个国家，阴谋通常都是那些人的杰作，他们有的想抬高自己深谋远虑政治家的形象，有的想为疯狂的管理部门注入新的活力，有的想压制不满或转移矛盾，有的想把没收来的财产装入自己的衣兜，有的想加强或削减公众的信任度以使自己的利益最大化。首先他们一致认同哪些可疑的人应该被指控为阴谋家，然后稳妥安全地保存好这些人所有的信件和文件，并给这些罪犯带上枷锁。这些文件会被送到一组专业人士的手上，这些人非常擅长找出每一个单词、每一个音节、每一个字母所代表的隐藏含义。比如，他们能够发现“坐便器”代表“枢密院”，“鹅群”代表“参议院”，“瘸腿狗”代表“侵略者”，“鳕鱼头”代表不好说的那个，“瘟疫”代表“常备军”，“秃鹰”代表“首相”，“痛风”代表“大主教”，“绞刑架”代表“大臣”，“夜壶”代表“贵族委员会”，“漏勺”代表“女官”，“扫帚”代表“革命”，“捕鼠夹”代表“职位”，“无底洞”代表“国库”，“污水坑”代表“王室”，“小丑帽”代表“国王的宠儿”，“破苇秆”代表“法院”，“空酒桶”代表“将军”，“流脓的疮”代表“政府”。

当这种方法不管用的时候，他们还有另外两种有效的方法，他们中的饱学之士将之称为“藏头法”和“字母异序法”。第一种方法是把所有单词的首字母破译成相应的政治含义。于是，N 代表一个密谋，B 代表一队骑兵，L 代表海上舰队。第二种方法是把任何可疑文件中的字母改换排列顺序，通过这种方式，他们能发现怀有不

1. “伦敦”的变称。

满情绪的党徒隐藏得最深的意图。比如，假如我给朋友写了一封信，里面有一句话“我们的兄弟汤姆刚刚得了痔疮”[1]，经验丰富的解码者就能分析出组成这句话的所有字母可以重组成以下单词：“忍耐，一个密谋已被察觉；巡游者”[2]。这就是字母异序法。

教授对我提供的事例表示感谢，承诺会在他的专著中提到我的名字，以示尊重。

我觉得这个国家已经没有什么能吸引我继续留下来，便开始考虑返回英国。

（Ninesnow　译）

1. 原文是“Our brother Tom has just got the piles”。
2. 原文是“Resist, a plot is brought home; The Tour”。巡游者（Tour）据称是博林布鲁克子爵因支持“王位觊觎者”詹姆斯二世而流亡法国期间所使用的通信化名。

朝向另外一侧的幻想之旅

18 世纪，发明家开始影响西方人的世界观，也开始影响他们对自己和环境之间关系的看法，其影响力可与科学家匹敌。

科学发现的进程马不停蹄：杜·费提出了电荷理论，富兰克林为两种电荷命名；林奈出版了分类学著作《自然系统》(1735)；布冯提出了行星形成的理论，认为行星来源于巨大沉重的物体撞击太阳，而康德认为行星来自气体凝结；拉瓦锡发现了燃烧现象的本质；高斯研究了非欧几何学；赫顿创立了现代地理学。

与此同时，发明家们发明了对航海至关重要的两个帮手：六分仪和精密计时器。他们还发明了脱粒机、织布机、纺纱机、圆盘锯、钢笔、汽轮、载人气球、降落伞、铁犁、动力织布机、轧棉机、平版印刷机，以及通过可替换部件实现的大规模生产。其中最为重要的发明就是蒸汽机。

发明是那些聪慧的头脑对一种又一种不同需求的回应：需要更高的效率、需要更高的利润、需要去做当时人力无法实现的事情。比如说，当英格兰被寻找柴火的人乱砍滥伐时，人们开始使用煤，但水渗入煤矿之中，让很多煤矿都无法开采。萨弗里和纽科门发明了一台机器，用蒸汽驱动，泵出煤矿中的水。随后，詹姆斯·瓦特对他们的机器做了根本性的改进，因此人们将蒸汽机的发明归功于他。1769 年，瓦特造出了第一台发动机，很快，人们就开发出了新的应用：蒸汽轮船、铸铁厂、纺织厂、蒸汽机车。很明显，使用化学能来取代人力，能产出无穷无尽的新发明。

上述发明和许多其他发明带来了工业革命。家庭手工业无法与之竞争。工人和许多农民涌入新兴的工厂，市镇容纳了这些新来的人。工业化所带来的幸福和恶果也都降临在人类头上，作为副产物，经济利益同时也带来了社会问题。工业革命激发了鼓励扩张、发明新事物、进一步发展经济的社会环境，人们不得不走上变革的道路，除非牺牲很多人或极大地降低了生活质量，变革就不会回头。

此外，工业革命还创造了中产阶级，这是一种新兴的、受过教育的中等社会阶层，而中产阶级也相应地创造了现代小说。有阅读习惯的公众稳定增长，相比于措辞巧妙的辞藻和优秀的阅读品味，他们更需要信息。在《闲谈者》和《旁观者》之后，一系列流行杂志纷纷出现，新兴的报纸杂志和新读者的需求吸引了一批新作者，他们可以依靠写书勉强维生。这个时期被称为“葛拉布街时代”[1]。

丹尼尔·笛福就诞生于这一时代。他在将近 60 岁的时候才开始写小说，以虚构的自传体翔实地写下了冒险者和流浪汉的故事——那些他所在的阶层中的人试图取得成就，而这些人对取得成就的定义就是积累财富。他的代表作《鲁滨孙漂流记》（1719）是他的作品中唯一一本在中产阶级之外也被广泛传阅的著作。

1. 葛拉布街是伦敦的一条旧街，聚集了伦敦的独立作家、出版商和记者。因为许多依靠稿费勉强维生的独立作家居住于此，所以葛拉布街成了潦倒文人的代名词，作为一种文化符号流传至今。

笛福的情景式叙事手法和斯威夫特的讽刺式叙事手法引领萨缪尔·理查森创作了《帕梅拉》，本书被誉为“第一部英国小说”。《帕梅拉》也引领了更为伟大的著作：亨利·菲尔丁、托比亚斯·斯摩莱特和劳伦斯·斯特恩的著作。

在这个时期，伟大的丹麦作家路德维希·霍尔堡（Ludvig Holberg）创作了一部著名的幻想游记作品，他通常写历史、戏剧（他被誉为“北方的莫里哀”）和散文。然而，霍尔堡的幻想游记和前人不同，他并没有创作月球之旅，而是创作了前往地心的作品。但和其他虚构游记一样，这部作品有更深远的创作目的。霍尔堡写道，《尼尔斯·克里姆的地下世界之旅》（1741，以下简称《地下世界之旅》）的目的在于“纠正流传甚广的错误，从现实中辨明善与恶的表象”。这部作品以拉丁语写就，但很快就被翻译成了德语、丹麦语和英语。

故事讲述了尼尔斯·克里姆的故事，这位一文不名的大学毕业生想要通过在挪威探索神秘的洞窟来获得声望。但他掉进了地心，在地心环绕一颗处在中心位置的星球而行，又和一只狮鹫斗争。狮鹫拉着他进入了中心星球，他在那里发现了有智慧的、可以移动的树。那些树觉得他轻狂又肤浅，除了传递信息一无他用。克里姆试图通过一条法律，推翻性别平等，而后被判处扔进“苍穹”（也就是地球的内表面）。在那里，他遇到了各种各样的文明：猴子、老虎、熊、斗鸡、低音提琴、冰冻生物，最后是人类。他为人类训练骑兵、生产步枪、建造轮船并带领他们投入战斗，最后取得胜利。他继承了帝位，征服了苍穹中的大部分王国，而后权力让他腐化堕落。他的人民起身反抗他的暴政。他试图躲藏，在山洞中掉进一个洞里面，发现自己又回到了挪威。

正如《格列佛游记》一样，《地下世界之旅》中有很多吸引读者注意力的故事。这就是幻想游记小说的两个新特点之一。另外一个特点是通过各种方式塑造出的可信性：文献资料（包括现实化的前言、信件和其他证据）、具体的细节描写、令人信服的主角。在幻想游记小说到科幻小说的转变之中，这些都至关重要。

（赵佳铭　译）

地下世界之旅（节选）

［丹麦］路德维希·霍尔堡

第一章　作者落入地下世界

1664年，我通过了哥本哈根大学的数门考试，获得了身兼神学家和哲学家的评审官们的投票认可，理所应当地获得了学校的“嘉奖”顺利毕业。随后我打点行装启程归国，并为此登上一艘驶往挪威卑尔根市的船。我的确从多个学院的绅士们那里荣获了各种赞誉，但这对我囊中羞涩的现状毫无改善。与我同行的那些挪威学生和我一样不幸：他们也已学成，但同样要一文不名地返回祖国。由于赶上顺风，我们历经六日航程后就抵达了卑尔根港口。我就这样重归故里，的确比离开时更博学，却没有增添丝毫财富，暂时依赖几位近亲的解囊资助，过着朝不保夕的生活，但并未因此而好吃懒做、无所事事。求学期间我研读的是自然哲学[1]，本着“行万里路，‘验’万卷书”的目的，我怀着难以满足的好奇心逛遍郡内各个角落，勘察自然环境，探索群山深处。再陡峭的岩石也能攀爬，再恐怖、幽

1. 中世纪和近代早期大学大多如此。此时科学尚未完全和哲学分家，被称为“自然哲学”。

深的洞穴也敢深入，但求能侥幸发现某样值得哲学家一探究竟的特异之物。在我们挪威，人们闻所未闻、见所未见的事物多如牛毛；要是在法国、意大利、德国或者其他类似国家有如此丰硕的奇闻异事可供人们吹嘘，他们也就不用再谈别的事情，不用再找别的东西来研究了。

有座山被本地人称为“弗洛伊恩”，山顶上有个又大又深的洞穴，对我而言这个洞穴最值得观测。因为洞口处间断地传出轻柔的嗡嗡声，仿佛一张大嘴不断开合下巴频频叹息；由此，卑尔根学界——尤其是著名的阿比林大师，还有爱德瓦大师，天文和自然哲学领域的顶级天才之一——认为这个现象在自然哲学领域极具研究价值；由于自身年事已高、有心无力，他们鼓励本地的年轻学者对巨穴的本质进行深入研究；这种声音仿照人类呼吸的方式，有规律地消失又响起，尤其值得注意的是，声音在“屏息”后再度响起时，发出的音量还按间隔有着一定比例的增强。

基于这样的言论，出于自身的天性，我设计了一套进入巨穴的方案，并把这个打算告知了几个朋友。但是他们丝毫不赞成我的想法，直言不讳地声称这是个疯狂透顶的计划。不过他们的所有说辞连一丝潮气都算不上，根本不能扑灭我如火的热情；他们的建议也没有削弱我的信念，反而为我的好奇心又添上一把柴火。毕业后我凭借一腔热情继续研究自然哲学，正是这种热情激励我直面各种危险，而生活的窘境又进一步激发了我的天性。由于无处施展我的才能，我不得不依附他人过着最艰苦的生活；我在这个国家获得提升的所有希望都被切断，只能眼睁睁地看着自己陷入穷困；每一条通往荣誉和利益的道路都被完全堵死，我只能行惊世骇俗之举，另辟蹊径。

就这样下定决心，准备好探险所需的所有装备，在一个周四的清晨，天空晴朗，万里无云，我在天光破晓不久后出城，并认为观测结束后也许当天就能返回；鉴于对自己的未来一无所知，我自然不可能预料到自己会像又一个法厄同[1]一样被丢进另一个世界，直到十年漫长的旅程之后才重返故土。

这次探险进行于公元1665年，当时卑尔根的行政官是汉斯·孟瑟和拉斯·索伦森，而克里斯汀·贝特尔森和拉斯·桑德正当着参议员。我雇了四个伙计与我同行，他们负责搬运绳索和铁钩子等下行时可能会用到的东西。我们直接去了沙湾，从那里登山最为方便。在历经困难到达山顶，这个命中注定的山洞所在之地后，因为已经被艰难的旅程折磨得精疲力尽了，我们全都坐下来开始吃早餐。

就在此时我第一次感到惶恐不安，有种厄运临头的预感。于是我转向同伴，说："有没有人想干这活？"没有应答，我心中刚刚熄灭的热情又再次燃起。我命令他们在我身上绑紧绳子，并在整装待发的同时把灵魂托付给全能之神。在被放下去之前，我向同伴讲解了接下来要做的事：他们要一直向下放出绳子，直到听到我的喊叫声才能停止；如果我不停地喊叫，他们就应该立刻把我拉上去。我右手拿着鱼叉，也就是铁钩子，用它除去下降途中可能遇到的任何障碍，同时也用来保证我悬吊在山洞中间以防碰壁。然而就在我才下降了十到十二肘尺之时，绳子断了。听到雇工们突然发出的喊叫声，我才意识到发生了变故。但是他们的喊叫声很快就消失了，因为我正以惊人的速度坠向深渊；如果把鱼叉看作权杖，我就是第二个普鲁托[2]。

在近四分之一小时的时间里（考虑到我当时惊慌失措、六神无

1. 希腊神话中太阳神阿波罗之子，因无法驾驭在天空中驰骋的太阳马车导致各种灾难，被宙斯用闪电劈中后从空中坠落。
2. 罗马神话中的冥王，阴间的主宰。

主，这是我最准确的估算）我处于完全的黑暗之中，处于深夜的怀抱里，直到一线光亮犹如破晓晨光般出现在我眼前，最终扩展成一片澄净的天穹。于是我无知地认为要么是由于地底空气的反弹或者反向运动，要么是由于风的力量，我被向上抛出，被洞穴吐了出来。但是随后我看到的太阳、天空和天体都不是我所熟知的模样，它们比起我们那边的同类要小得多。我据此得出结论，要么新天空里的一切都只是由头晕目眩激起的幻想，要么我已然抵达蒙福的人所在的居所。不过我很快就不屑地否定了后者，因为我看见自己擎着鱼叉，身后坠着一根长长的绳子。我很清楚刚刚升上天堂的人可不会带着鱼叉或绳子，而这身看上去以巨人们为榜样、打算通过暴力攻下天堂并把人赶出神圣家园[1]的装扮可不会讨得天上住民的欢心。最后，经过一番深思熟虑我得出如下结论：自己掉进了地下世界；那些人的假说是对的——有人提出过一种假说，他们认为地球是中空的，在地壳或者说地球外层表壳之内还有一个小一号的地球以及一片天穹，天穹中点缀着小一号的太阳、星星和行星。而我目前的遭遇证明这种假说是对的。

我挟着迅猛的势头以倒栽葱的姿势急速坠落了一段时间，随着我和某颗星球间的距离越来越近，我能感觉到坠落的速度均匀地慢了下来。这颗星球是我遇到的首个事物，它以肉眼可见的速度变得越来越大，我可以透过包裹着它的浓密的大气层清楚地分辨出山峦、谷地和海洋。

随后我察觉自己不仅仅是在太空物质或以太中遨游，我的运动方式也从一直以来的垂直下行变成了环行。这个发现让我的头发都立了起来，我满怀忧虑地认为自己会变成一颗行星，或是成为相邻

1. 指希腊神话中的巨人之战。以阿尔库俄纽斯为首的巨人们曾进攻奥林匹斯山，众神在赫拉克勒斯的帮助下将其击败，阿尔库俄纽斯也被赫拉克勒斯所杀。

行星的卫星，从此永远旋转着做环绕飞行。不过考虑到这种转换不会给我的自尊带来多少损害，而且作为一个天体，哪怕只是一个天体的伴体，在运行时和一个饥肠辘辘的哲学家相比也是同样庄严的，我就又鼓起了勇气，更别提我还发现了纯粹的太空以太的有益之处：我无须再忍受饥饿和干渴。我想起口袋里还有块面包，卑尔根人称之为“鲍肯”，一般呈椭圆或长圆形。我设法把面包掏出来，想验证一下自己在这种状况下是否还有胃口吃东西。然而第一口咬下去我就感到非常恶心，于是随手扔掉了这个已经毫无用处的东西。这块被扔出去的面包不仅停留在空中，竟然（看上去真是奇妙）还环绕着我的身体转起了小圈子。自此我体会到了运动的真理，内容如下：处于平衡状态的物体会自然而然地做圆周运动[1]。发现这一点后，我不再因为被命运如此玩弄而唉叹自己的悲惨遭遇，反而变得有点沾沾自喜，因为我认识到自己不仅仅是一颗简单的行星，还是一颗拥有追随我的永久伴体的行星。有鉴于此，我应该能够荣幸地在大型天体或一等星中占有一席之地。这里要坦诚地表明我的不足之处，当时的我得意扬扬，如果那会能遇到卑尔根的任何一个执政官或参议员，我一定会对他们摆出一副目空一切的姿态，我会认为他们微不足道，认为他们不值得我致敬，甚至都没有资格触碰我的鱼叉。

我以这种状态度过了将近三天的时间。由于一刻不停地围绕着身旁的行星打转，我可以分辨出白天与黑夜；可以观察到地下的太阳升起、落下，然后逐渐退出我的视野，虽然看上去不太像黑夜已然降临，但我还是能轻松地感知出何时是夜晚。因为日落时整个天穹呈现出明亮的紫色，就和我们的月亮有时会呈现出的容貌一样。我认为这一现象是由地球的内表面借助位于地心中央的太阳的光线

1. 中世纪的一种力学观点。

造成的。我学过一点天文学，据此自己提出了这个假设。

就在我自得其乐地认为和神明比邻而居，庆祝自己和环绕我的卫星一起成了新的星座，希望很快能被邻近行星上的天文学家们收录进星星名录时，一只巨大的有翼怪兽盘旋着向我扑来，时而在这边，时而在那边，没多久就飞到了我的头顶上。第一眼看上去，我把它当成了这个新世界黄道十二宫的标志之一，如果假说是对的，我希望它代表的是处女宫，因为在十二个标志中，只有它能给我不幸、孤单的生活增添一点欢乐和慰藉。然而当那道身影接近我时，我发现这是一只巨大、狰狞的狮鹫。我受到了极度惊吓，完全顾不上自己新近获得的星光熠熠的尊严，在三魂出窍中掏出碰巧装在口袋里的大学推荐信，意图向这位可怕的对手表明我已经通过了学位考试，是一名毕业生，能够凭借我的学校恳请任何攻击我的人予以优待。

不过随着慌乱开始冷却，我找回理智，不禁暗骂自己是个傻瓜。我还没弄清这只狮鹫接近我的目的究竟是什么，它是敌是友；或者更有可能，它只是被新鲜事物所吸引，单纯地想要满足自己的好奇心。一个人形生物在空中打转，右手拿着鱼叉，身后拖着尾巴一样的长绳子，这景象的确算得上奇观，即便是野兽也会被激起好奇心想要一探究竟。我后来还了解到，我所展现的异样身姿同样激起了我所环绕的这颗星球上的居民们的好奇心，围绕着我生出了五花八门的猜想和争论；哲学家和数学家认为我是一颗彗星，并很确定那根绳子就是彗尾；也有人根据外观判定我是一颗极为罕见的流星，并预言大祸即将临头——瘟疫、饥荒或是其他类似的浩劫将近；更有甚者，他们非常精准地描画出我的形体，好像我就在他们眼前似的；于是在我还没接触到他们的星球之前，我就已经被描述、被定义、被描绘、被雕刻。当我抵达那颗星球并学会了他们的语言之后，我十分开心地听说了这一切，甚至大笑不止。

有必要说明一下，这里有时会出现新的星星，地底人称之为“赛赛西”，也叫作“燃烧的星星”。按照他们的描述，这种星星看上去很恐怖，长着火焰般的头发，就像我们的彗星一样，彗发浓密茂盛，以致喷射出的彗尾好像一把长胡子；这些星星，和我们世界里的星星一样，也被认为是不祥的预兆。

还是回到我的境遇。这只狮鹫最终飞到我的身旁，它扇动翅膀妨碍我运行，甚至毫无忌惮地用牙咬我的腿，至此可以完全确定他追逐我的目的。于是我双手握住鱼叉，挥动手臂，对这个讨厌的动物进行反击，很快就压制住了敌人的嚣张气焰，迫使它四下躲避。最后，由于它坚持不懈地干扰我，我将鱼叉刺向他两翼之间的背部，结果用力过猛，鱼叉拔不出来了。受伤的狮鹫发出一声惨叫，头冲下栽向那颗行星。至于我，什么成为星体，什么新得到的尊严，全都令我感到心灰意冷，我算是看透了，这种事情只会招来无尽的危险和伤害，于是我握住鱼叉和它一起向下坠去。现在，我曾经描述过的圆周运动再一次变成垂直下落。由于厚重的大气层产生的反作用力，在经历了一段颠簸剧烈的坠落之后，我和那只狮鹫最终轻松、平缓地降落在如前所述的星球上，后者没过多久就因伤而亡。

我落地时已是深夜。得出这个结论的唯一依据是缺席的太阳，而不是黑暗，因为现在的天色足以令我清楚地阅读那封大学推荐信。这种夜间的光亮来自我们地球的内表面，内表面反射出的光线像月光一样照耀着我们。因此如果只考虑光亮，夜晚和白天没多少分别——除了没有太阳，以及因为它的缺席晚上会更冷一些。

（Ninesnow　译）

太空来客

18 世纪为世人带来了启蒙运动——启蒙运动带来了理性主义、自由主义、人道主义以及科学对于人生、知识与政府的全新解读，这一新视角为这个时代赢得了“理性时代”的名号。理性时代为人类指出了看待物质宇宙、认识自己在宇宙中所处地位的新方向，而这一新方向则源自文艺复兴时期对古老手稿和世界观的发掘。13 世纪，托马斯·阿奎那[1]采用了亚里士多德的逻辑学来捍卫当时天主教的教条。14 世纪到 15 世纪，所谓的“人文主义者”在意大利和法国涌现，他们辩称崇拜上帝的最佳方法就是颂扬上帝的最高造物，即人类。16 世纪，拉伯雷在《巨人传》中讽刺了诸多宗教信条，马丁·路德提供了一种有别于天主教教义的革命性新选择，米歇尔·德·蒙田在他所著的《随笔集》中通过反复提及“我知道什么？”这一问题，为文化相对主义奠定了基础。17 世纪，伽利略的发现将地球驱逐出了宇宙的中心。

---

1. 意大利神学家、哲学家，创立了托马斯哲学学派，其对神学的影响持续至今。

同样是在 17 世纪，笛卡尔也付出了卓越的努力，用逻辑来为信仰辩护，但启蒙哲学家在这些混乱的思潮中加入了激进的元素：基于观察所得的常识。18 世纪虽然被人称为理性时代，但其实也可以被称为革命时代，因为 18 世纪的特点之一就是经历了人类历史上三次大革命中的两次：美国革命[1]和法国大革命[2]（俄国革命是第三次）。许多思想家的演讲和作品都成了法国大革命的导火索，其主要代表人物之一就是伏尔泰。

在许多方面，18 世纪都是变革的时代。从亚洲和南北美洲带回的财富为中产阶级的崛起提供了保障。个人主义、自由和变革的理念开始替代由教会、国王与贵族所把持的旧价值观，例如社群、威权主义和传统。伏尔泰是贵族阶层的一员，在贵族餐桌前用餐，包养贵族出身的情妇，为君王献策，让所有人都为他的智慧而迷醉。

但智慧也有其敌人。伏尔泰在年轻时曾两次蒙冤入狱，并被放逐到英格兰。他十分钦佩英国的自由主义，这一思想加剧了他对司法专断的憎恨。回到法国后，他为剧院创作了许多悲剧，包括《布鲁特斯》（1730）、《扎伊尔》（1732）和《关于英吉利国的书信》（1733）。1749 年，伏尔泰的情妇去世，此后他赴普鲁士法院任职，但在 1753 年与腓特烈二世[3]爆发争执后离开了那里，并迁居瑞士日内瓦附近的一座庄园。他创作了《路易十四时代》（1751）和《论礼仪》（1756），在其中写下了他对于政治和宗教的看法，他还创作了讽刺小说《老实人》（1759）。

《老实人》和科幻小说的唯一关系就是其中幼稚的主人公经历的那场多舛的旅途，为的是探求他的导师（邦戈勒斯博士）的信仰是

1. 指 18 世纪后半叶，北美洲的十三个州宣布脱离大英帝国，成立美利坚合众国。
2. 法国大革命始于 1789 年，推翻了当时统治法国的波旁王朝。
3. 普鲁士国王，1740—1786 年在位。

否正确："这个世界在所有可能的世界中是最好的，在这个世界中的一切都是为了最好的结果"。创作《老实人》七年之前，伏尔泰出版了《小大人》(1752)，这本书中的旅途并不是从我们所知的地方前往其他地方，而是从其他地方来到我们这里。一个来自天狼星的巨型生物来到地球，还带着一个六千英尺高的土星矮人。他们历经重重困难才发现地球上存在生命，还和地球上的人类进行了交谈，却发现人类的观念和他们的身高一样渺小。启蒙运动时代为科幻小说时代的到来铺平了道路。

(赵佳铭　译)

小大人

［法国］伏尔泰

一、一个天狼星系的居民游历土星

在那些环绕着天狼星转动的行星中间，有一个星球上有个青年，聪明绝顶，最近到我们这个小蚂蚁窝中游历，我三生有幸，和他认识了。他叫作小大人，这名字对所有的大人物都很合适。他身高八里：我说的八里等于官尺二万四千步，每步五尺。

一向为人类造福的代数学家，倘若当场拿起笔来，就会算出：既然天狼星系的居民小大人先生从头到脚有二万四千步，合到十二万官尺，而我们地球上的居民不过身高五尺，地球一周不过九千里；那么小大人所生长的星球，圆周一定比我们小小的地球正好大二千一百六十万倍。这在自然界中也极其平常，不足为奇。日耳曼或意大利某些诸侯的国土，不出半小时就能绕完一圈，跟土耳其、俄罗斯或中国相比，不过是个淡薄的形象，不足以形容万物的差别之大。

那位贵人的身量既然如我所述，我们所有的雕塑家与画家想必不难同意，他的腰带该有五万尺圆周；那也是很相称的比例。

以才智而论，在我们看来，他是最有修养的一个。他知道很多事情，也发明了一部分：年纪还没到二百五十岁，照例在他星球上的耶稣会学校念书，因为很聪明，已经解答了欧几里德的五十多道题目，比柏斯格至少多十八道。柏斯格幼年，据他姐姐说，一边玩儿一边解答了三十二道题目。但他后来只成为一个平凡的几何学家和很糟糕的玄学家。小大人到四百五十岁，童年告终的时代，解剖了许多直径不满一百尺、普通的显微镜照不出的昆虫，写成一部奇妙的书，替他招来一些麻烦。他国内的祭司是个愚昧透顶、喜欢小题大做的人，认为书中有些可疑的、不雅的、武断的、邪曲的、近乎异端的理论，便对他大肆攻击：所争的是天狼星上的跳蚤身体是否与蜗牛的质地相同。小大人的辩护很巧妙，使所有的妇女都站在他一边。案子拖了二百二十年。临了，祭司叫一班从未念过那部书的哲学家，把书禁止了，罚作者八百年不得入朝。

既然朝廷上全是卑鄙龌龊、兴风作浪的玩意儿，小大人受到放逐，也就并不怎么难过了。他编了一支滑稽的歌取笑祭司，祭司满不在乎。然后，小大人到一个个的行星上去漫游，以便像俗语说的，培养智慧，开拓心胸。一向只坐驿车或轿车出门的人，一定会觉得天上的乘舆奇怪；因为我们住在这个小土堆上的人，只要事情出乎我们的习惯，就无从想象。我们那位旅行家，深通地心吸力的规律和一切相引相拒的力量，而且善于利用；他带着家人有时借助于一道阳光，有时依靠一颗彗星，从一个星球跨到另一个星球，好像鸟儿在树枝上飞来飞去。他瞬息之间渡过了银河；但我不能不承认，大名鼎鼎的但尔亨牧师自称在望远镜中看见的极乐世界，小大人透过银河的星云并没看见。黄天在上！我不敢说但尔亨先生看错了；但小大人是亲历其境的，又是个精细的观察家；再说，我也不愿意反对哪一个。小大人去了不少地方，来到土星上。尽管他看惯新鲜事儿，一见那星球与居民的渺小，也不由得露出一副高傲的笑容，那是连大智大慧的人有时也难免的。因为土星只比地球大九倍，上面的人只是身长六千尺左右的矮子。小大人先在家人中间把矮子取笑了一阵，仿佛一个意大利音乐家到了法国，笑吕利的音乐。可是天狼星人极明事理，他马上懂得一个有思想的生物只有六千尺长，不见得就可笑。他先让土星上的居民惊奇了一会儿，跟他们混熟了。他和土星的学士院秘书成了知己；秘书极有才气，事实上一无发明，但把别人的发明说得头头是道，大大小小的计算也还做得不差。为了满足读者，我把小大人和秘书先生有一天谈的很奇怪的话，在此报告一下。

二、天狼星居民与土星居民的谈话

那贵人躺下身子，秘书凑近他的耳朵，然后小大人说道："不能否认，自然界真是形形色色，种类繁多。"土星人道："是啊，那好比一个花坛，其中的花……"小大人道："哎，什么花坛！提它干吗？"秘书又道："好比一些金发女郎和棕发女郎，她们的装饰……"小大人道："棕发女郎跟我有什么相干？""换句话说，那好比一屋子的画，笔致……"旅行家道："不；自然界就是自然界。为什么要用这个那个来比呢？"秘书回答："因为要讨你喜欢啊。"旅行家道："我不要人家讨我喜欢，我要人家增长我的知识。先请你告诉我，你们星球上的人有多少种知觉？"秘书回答："有七十二种；但我们天天嫌少。我们的幻想超过我们的需要；有了七十二种知觉，有了土星环，有了五个月亮，我们觉得还是大受限制；虽然有着种种好奇心，从七十二种知觉上生出来的情欲数量也很可观，我们还常常觉得无聊。”小大人道：“那我完全相信：在我们星球上，我们有了上千种知觉，仍旧有一股说不出的、渺茫的欲望，说不出的苦闷，随时使我们感到自己的不足道，觉得还有比我们完美得多的生灵。我略微走过几个地方，看见有的人远在我们之下，有的人远在我们之上；但是欲望不超过真正的需要，需要满足以后不再有欲望的人，一个都没见过。也许有一天，我会到一个应有尽有的地方；但至此为止，关于那个地方，谁也没给我确实的消息。”土星人和天狼星人便费尽心血，作种种猜测；可是发了一大堆又奇妙又渺茫的议论以后，不得不回到现实。天狼星人问：“你们的寿命有多长？”土星上的小大人回答：“啊！很短的。”天狼星人说：“那完全跟我们一样；我们也老是嫌寿命太短。这大概是天下普遍的规律了。”土星人说：“唉！我们只活到太阳的五百公转（照我们的计算是一万五千年左右）。这不是几乎生下来就死吗？我们的生命不过是一个小点子，我们的寿命不过是一刹那，我们的星球不过是一个原子。才开始有些知识，还来不及得到经验，死亡就来了。我吗，我什么计划都不敢有；我好比大海中的一滴水。在你面前，想到我在这个世界上所表现的可笑样儿，尤其觉得难为情。”

小大人回答：“要不是你胸襟旷达，我就要怕你伤心，不敢告诉你我们的寿命比你们长七百倍了。可是你很明白，所谓死亡不过是把肉体还给元素，在另一种形式之下参与万物的成长；一到这变化的关头，不管你活了天长地久还是只活了一天，都是一样。我到过一些地方，人的寿命比我们长一千倍，他们还在怨叹。可是到处都有些明白人，懂得乐天安命，感谢造物。他散播在宇宙之间的物种多至不可胜计，但都有它们的共同点。例如所有的人都不同，实际上思想与欲望的天赋都相同。普天之下，物质皆占有空间，但每个星球上的物质，特性各异。你们的物质，你们认为有多少特性呢？”

土星人道："倘若你所谓的特性，是指没有了它们，我们的星球就不是现在这个模样，那么我们一共有三百种，例如面积，不可入性，可动性，可分性，地心吸力，等等。"旅行家道："显而易见，按照造物主安排你们这个小地方的计划，这小数目是足够的了。我在每样事情上佩服造物的智慧；我处处看到有差别，而又处处有比例。你们的星球小，你们的居民也小；你们的感觉少，你们物质的特性也少：这都是上天的安排。你们的太阳，细看起来是什么颜色的？"土星人答道："白的，可是近于黄色。分析起来，太阳包括七种颜色。"天狼星人道："我们的太阳是近于红的，一共有三十九种颜色。我游历期间看到的太阳，没有两个相像的，正如你们的脸没有一张不跟别人的两样。"

小大人提了好几个这一类的问题，又打听土星上有多少种不同的物体。土星人回答说有三十来种，例如神，空间，物质，有感觉的有形的生物，有感觉与思想的有形的生物，有思想的无形的生物，有互相侵入之物，有互不侵入之物，等等。天狼星人说他的星球上有三百种这一类的物体；他游历期间又发现了三千种；土星上的哲学家听了大为惊奇。两人把各自所知道的少数事情和许多不知道的事情，交换了一番，讨论了太阳一公转，决意一同去做一次小小的哲学旅行。

三、天狼星居民与土星居民的旅行

两位哲学家带着一套精美的数学仪器，预备搭着土星的大气出发了，土星人的情妇却得了风声：哭哭啼啼地赶来埋怨。她是个俊俏的棕发女郎，只有三千九百六十尺高，但是可爱的风度补救了她身量的矮小。她嚷道："啊！狠心的汉子！你追求了我一千五百年，我没有理睬；等到我依了你，在你怀中才过了一百年，你就把我丢下，跟一个别的世界上的巨人出门了。哼，你只有好奇心，从来不曾有过爱情；你要是一个真正的土星人，一定会对我忠实的。你上哪儿去流浪啊？你想干什么啊？咱们的五个月亮还不像你这么飘流不定，咱们的土星环也不及你这样没有恒心；完啦，完啦，从此我再也不爱什么人了。"哲学家尽管是哲学家，还是拥抱了她，和她一起哭了一场。那太太晕了一阵后，向一个当地的小白脸找安慰去了。

两位好奇的人就此动身；他们先跳上土星环，觉得相当平坦，和我们小地球上的一位名流所猜的一样。他们从土星环跨上一个一个的月球。一颗彗星从最后一个月球旁边掠过；他们带着仆人和仪器跳上去。走了大约一亿五千万里，遇到木星的许多卫星。他们跨上木星，住了一年，听到好些珍秘的事；要不是异教裁判所的各位法官认为有些见解太激烈，那部奇书早在印刷中了。可是我在大名鼎鼎的某总主教的藏书室里看见过手稿；总主教让我浏览他藏书的度量与好意，我简直称道不尽。

言归正传。两位旅行家从木星上出来，飞过了大约一万万里的距离，沿着火星的边缘走过。大家知道，火星比我们小小的地球小五倍。他们看见有两个月亮照着。这两个月亮逃过了我们的天文学家的眼睛。我料定加斯丹神甫会大做文章，而且写得会很风趣，否认有这两个月亮；但我宁可相信一般用类推法思考的人。那两位聪明的哲学家很清楚，火星离太阳那么远，两个月亮是少不了的。尽管如此，他们还是觉得火星太小，担心没法睡觉，便继续向前，好似两个游客瞧不起破落的乡村客店，一径赶往前面的城市。可是天狼星人和土星人不久就懊悔了。他们走了好久，一无所遇。临了，他们瞧见一点暗淡的光，原来是地球，那叫从木星上来的人看了的确可怜。但他们怕错过了宿头又要后悔，便决定上岸。他们走到彗星的尾巴上，看见北极光正要出发，便搭在上面，在我们新历的1737年7月5日，到了波罗的海北岸。

四、他们在地球上的遭遇

他们歇息了一会儿；仆人把两座山收拾干净，给他们吃了当早饭。接着他们想察勘一下居留的小地方。先从北部走到南部。天狼星人和他的仆人一般每一步大约走三万官尺；土星上的矮子远远地跟着，上气不接下气；他差不多要跑十二步，才抵得上同伴的一步。你们不妨想象（假如允许我做这样的比较）有只很小的袖珍狗，跟着普鲁士的一个警卫队长跑路。

两个外乡人走得相当快，三十六小时就绕了地球一周。固然，太阳——应当说是地球——做这样一次旅行只要一天一夜；可是别忘了在本身的轴心上转动，比用两只脚走要方便得多。走过一转，他们又回到原来的地方，路上看到一个细微莫辨的水潭，就是我们所说的地中海；也经过另外一个环绕小土堆的小池塘，就是我们所说的大西洋。土星上的矮子在大西洋里不过水没至膝，他的同伴连脚跟也没怎么受潮。他们一来一回的时候，都在上上下下地做各种动作，想知道这星球上有没有居民。他们低下身子，躺在地上，到处摸索；但他们的眼睛和手，跟在地上爬的小生物太不相称了，因此没有一点感觉可以使他们疑心到地球上住着我们，以及和我们同居的别的生物。

矮子有时判断事情太快，先以为陆地上是没有人的。主要的理由就是一个人都没看见。小大人客客气气地提醒他，这种推理不大准确。他说：“某些五十分之一大小的星，我看得很清楚，你的小眼睛可看不见；难道你就断定没有那些星吗？”矮子道：“可是我已经摸仔细了。”小大人道：“可是你的感觉不灵啊。”矮子道：“可是这星球的构造这样不行，这样不规则，在我看来，形状又这样可笑！我觉得这儿的一切都是混沌一片。你看那些小溪没有一条是直的，池塘非圆非方，又非椭圆，形状毫无规律；球上还到处长着尖尖的小石子（他是说我们的山），刺痛我的脚。整个球的形状，你注意到了吗？两极那么平，绕着太阳转动的模样那么蠢，两极的气候一定长不出东西来。其实，我认为这里没有人，就因为我觉得明理的人是不愿意住的。”小大人道：“说不定住在这儿的就不是明理的人。不过看样子，这地方也并非一无所用。你说这儿样样都不规则，因为木星和土星上样样都笔直，大概就因为此，这里才显得有点混乱。我不是告诉过你，我一路游历老是注意到自然界种类繁多，参差不一吗？”土星人把这些理由都驳回了。两人竟可以永远争论下去；幸亏小大人说话激动，一不小心把他戴的钻石项链震断了。钻石散落在地，都是些参差不等的小钻石，最大的重四百斤，最小的五十斤。矮子捡了几颗，凑近眼睛一看，发觉这些被打磨的钻石竟可当精密的显微镜用。他拿起一个直径一百六十尺的小显微镜，贴着眼珠；小大人挑了一个直径二千五百尺的。两个都非常好。但有了显微镜，起先还一无所见，得把镜片对准。临了，土星人瞧见一样极细小的东西全身浸在水里，在波罗的海中蠕动；原来是条鲸鱼。他用小指头轻轻巧巧地挑起它，放在大拇指指甲上，给天狼星人看。天狼星人看见地球上的居民如此细小，不由得又笑了。土星人一朝相信了我们的世界上住着生物，马上以为住的都是鲸鱼；又因为他是推理大家，就想猜测一颗这样小的原子，动作从何而来，它是不是有思想，有意志，有自由。小大人被这些问题难住了：他耐着性子细看，觉得没法相信它有什么灵魂。两位旅行家正想断定我们的居民是没有灵性的，不料显微镜又给他们照出一样比鲸鱼更大的东西，在波罗的海上漂浮。大家知道，正在那个时期，有一队哲学家从北极圈回来，他们在那边发现了许多从来没人想到的事。报上说他们的船沉在波的尼亚湾，他们经过许多危险才逃出来；但在这个世界上，大家从来不知道事情的内幕。我要老老实实地讲出经过情形，决不添加一点我自己的想法；这对于一个史学家倒也不是件容易的事。

五、两位旅客的实验与讨论

小大人把手慢慢地伸向那东西出现的地方，两个指头伸出去又缩回来，唯恐弄错了；然后又张开，又并拢，非常轻巧地把装载那帮先生们的船夹起来，仍旧放在指甲上，不敢压得太紧，生怕压坏了。土星上的矮子说："哎，这个动物跟第一个完全两样。"天狼星人把那个所谓的动物放在掌心内。旅客和船员以为被旋风卷到了一块岩石上，一齐忙起来：水手们搬出大桶的酒，倒在小大人掌中狂喝。几何学家拿起他们的四分仪和扇形仪，带着拉伯兰女子，走到天狼星人的手指上。因为他们大忙特忙，天狼星人居然觉得有些东西在蠕动，使他手指发痒了：一根铁棍插进了他的食指，有一尺深。凭着这个刺激，他断定手中的小动物身上有些东西出来了。但开头也没想到别的。一条鲸鱼和一条船，用了显微镜才不过勉强看得出；遇到像人那样微小的生物，显微镜就没办法了。我这么说，不是有心伤害谁的面子，但我不能不提出一点请一般爱面子的人注意：以身高五尺半计算，我们站在地面上的身量，不会比一个只有大拇指六十万分之一高的小动物，站在一个圆周十尺的球上的身量更大。

你们不妨想象有个巨大的物体能把地球抓在手中，它的器官和我们人的器官的大小成比例；而天地之间这样大的物体可能很多；那么请大家考虑一下，人间的战争，那些使我们损失了原来就应当还给人家的两个村子的战争，让那些庞大的物体看了做何感想。

万一高大的掷弹兵兵团里，有个团长看到我这本书，我相信他准会把士兵的军帽至少加高两足尺；可是我先告诉他一声，那是白费的；他和他的部下永远小得看不见。

所以，天狼星上的哲学家要竭尽巧思，才能看出我所说的那些原子。列文虎克[1]与哈特苏克最先观察到——或者自以为观察到——产生我们的种子的时候，还远不如天狼星人这个发现来得惊人。小大人看着这些小家伙蠕动，打量他们的种种本领，研究他们的一切活动，觉得乐不可支。他简直叫起来了！他欣喜若狂地拿起一个显微镜放在同伴手里。两人异口同声地说道："我看见了；你瞧，他们不是背着东西，一会儿低下身子，一会儿抬起来吗？"说话之间，因为看到这样新奇的东西而高兴，也因为怕丢失他们而害怕，两人的手都抖起来。土星人从极端怀疑变为极端轻信，以为那些小东西正忙着生殖。他说："啊！自然的本相被我当场看到了。"但他惑于外表，误会了；这也是常有的事，不管你用不用显微镜。

六、他们与人类的接触

小大人的观察力比矮子强得多，他清清楚楚地看出来那些原子在谈话，指给矮子看。土星人在生殖问题上闹了误会，很难为

1. 荷兰显微镜学家，微生物学的开创者，是史上首位用显微镜看到原生动物和细菌的人。

情，可绝对不信这一类的动物能交换思想。他和天狼星人一样能说话；但他听不见那些原子的话，便以为他们不会说话。何况这些小得看不见的生物怎么能有发声的器官呢？又有什么可说呢？要说话，先要能思想，或是近乎思想的机能；要是他们有思想，就该有相当于灵魂那样的东西；而把相当于灵魂的东西加在这类物种身上，土星人是觉得荒唐的。"可是，"天狼星人说，"你刚才还以为他们谈恋爱呢。难道你认为谈恋爱可以不用思想，不用说几句话，甚至也不用有所表示吗？你觉得要一个人说出一个理由，比生一个孩子更难吗？在我看来，这两件事都不可思议。"矮子道："我既不敢相信，也不敢否认；我谈不上有什么意见了。还是把这些小虫研究一下，再讨论吧。"小大人回答："这话说得很对。"他立刻拿出剪刀来修指甲，当场用一片大拇指指甲做成一个传声喇叭，像个其大无比的漏斗。他把漏斗的管子插在自己耳朵里。漏斗口的圆周连船带人都罩住了：地面上最细小的声音都能进入指甲的螺旋形纤维。天上的哲学家凭着这点巧妙，完全能听到地下那些小虫的嗡嗡声。没几小时，他居然能分辨出说话的声音，后来竟能听明白法语了。矮子跟着如法炮制，可是比较困难一些。两位旅客越来越惊奇。他们听见小虫讲的话还有理性，觉得自然界的奥妙简直无从解释。你们当然想象得到，天狼星人和他的矮子都急着要跟原子们攀谈。他们怕自己打雷般的声音，尤其是小大人的，如果让人听到，会把他们震聋的，一定要降低音量才行。于是两人嘴里衔着一些牙签般的小东西，拿很细的一头放在船旁。天狼星人把矮子抱在膝上，把船和船上的人放在指甲上，然后低着头轻轻地说话。这样那样地布置好了，他才说：

"喂，你们这些小得看不见的昆虫，天教你们生在无穷小的身体上；我感谢上天把我觉得不可思议的秘密揭露给我看了。也许在我院子里，没有人愿意对你们瞧一眼；可是我决不轻视谁，愿意保护你们。”

假如有人惊奇，那就是听见这些话的那般人了。他们猜不出话从哪里来的。船上的教士念起退邪咒，水手们破口大骂，哲学家创立了一种学说；但不管是什么学说，始终都猜不透跟他们讲话的是谁。土星上的矮子比小大人声音柔和，他三言两语对他们说出自己的种族，叙述土星上的旅行，告诉他们小大人先生是什么人。他先对他们的渺小表示惋惜，又问他们是否一向就这样可怜、近于虚无；问他们住在一个好像是鲸鱼世界的球上做些什么，是否快乐，是否传宗接代，是否有灵魂，还有上百个诸如此类的问题。

船上有一位辩论家胆子比别人大，听到人家疑心他们是否有灵魂，觉得很气，拿视孔版对着四分仪，瞄准那说话的人，换了两个方向，换到第三个，他开口了：“先生，你因为从头到脚高达六千尺，便自以为……”矮子嚷道：“六千尺！哎哟，我的天！他怎么知道我的高度的？六千尺，一寸都不错；怎么！这原子把我量出来了！他竟是个几何学家，知道我的大小；而我只能从显微镜里看见他，还不知道他的身量呢！”地上的物理学家回答：“是的，我把你量过了；我还能测量你高大的同伴呢。”对方接受了这建议。小大人先生便睡倒在地，因为要是站着，他的头矗在云外，太高了。地上那帮哲学家在他身上插了一棵大树，换了斯威夫特牧师，准会说出插在身上什么部位，但我尊重太太们，不便指明。他们用好几个三脚规连起来，断定他们看到的是一个高十二万官尺的青年。

于是小大人说了这样的话：“这一回我更明白了，无论判断什么东西，不能凭外表的大小。噢！上帝！你对一些外貌这样可鄙的物体也给了智慧；对付无穷小跟对付无穷大，在你都一样容易。倘使有比这个更小的动物，和我在天上看到的那批相貌堂堂，单是一只脚就能把我现在站着的地球盖住的动物比较起来，灵性可能更高。”

哲学家中有一个回答说，小大人先生尽可相信，的确有些聪明的生物比人更小。他举的例子，并非古代的诗人维吉尔提到蜜蜂的时候所说的想入非非的话，而是斯瓦麦达姆的发现和雷奥缪的解剖。他又告诉小大人，有些动物之于蜜蜂，正如蜜蜂之于人类，正如天狼星人之于比他更大的动物，也正如那些大动物之于另外一些物体——使大动物相形之下只等于原子一般的物体。双方的谈话越来越有意思，小大人便说出下面一番话来。

七、与人类的谈话

“噢，你们这些聪明的原子，永恒的主宰有心在你们身上显露他的神通与智巧。你们在地球上一定享尽了清福，尝到了纯粹的快乐，因为你们身上的物质这样少，好像只有精神，你们准是在相亲相爱和深思默想中过日子的；这是真正的精神生活。我一处也没见过真正的幸福，幸福必定在这里了。”

一听这话，所有的哲学家都摇头。有一位比其余的更坦白，老实承认说，除了少数不受重视的居民，余下的只是一批疯子、恶人和可怜虫。他说：“假如恶是物质造成的，那么使我们作恶的物质太多了；假如恶是从精神来的，那么是精神太多了。你可知道就在我跟你说话的这个时候，与我们同类的一百万戴帽子的疯子，正在杀害另外一百万缠头巾的疯子，或者被他们杀害；而且自古以来，差不多全地球的人都干着这样的事？”天狼星人听着发抖，追问这样弱小的动物从事这样残酷的斗争是为了什么。哲学家道：“为争几堆像你脚跟大的泥土。并不是几百万相杀的人里头，有一个人对那堆泥土有何要求；而是要争个明白，那堆土究竟属于一个叫作苏丹的人呢，还是属于另外一个不知为什么叫作恺撒的人。那一小块地，苏丹和恺撒从来没见过，也永远见不到；而互相残杀的动物，差不多也没有一个见过他们为之拼命的那个动物。”

天狼星人愤愤地叫道：“啊，该死的东西！这样灭绝理性的疯狂，谁想得到？我恨不得跺一阵子脚，把这些可笑的凶手一齐踩死。”人家回答说：“你不必费心；他们干的事就是在自取灭亡。告诉你，不消十年，这些可怜虫剩不了百分之一；即使他们不动刀抢，也会由饥饿、疲劳，或是饮食无度把他们收拾完的。况且应当惩罚的不是他们，而是那些坐着不动的蛮子；他们待在办公室里，吃饱了饭，命令一百万人去屠杀，事后再叫他们举行庄严的仪式感谢上帝。”旅行家觉得人类这个小小的种族太可怜了，想不到他们有这许多相反的、奇怪的表现。他对哲学家说：“既然你们是少数贤哲的人，决不肯为了金钱而杀人，那么你们干些什么呢？”哲学家道：“我们解剖苍蝇，测量线，集合数字；在人人了解的两三个问题上表示同意，对于谁也不懂的两三千个问题争论不休。”天狼星人和土星人立刻心血来潮，想打听这些有思想的原子，哪些事情是他们一致同意的。他问：“从天狼宿到双女星有多少距离？”他们一齐回答：“三十二点五度。”“从此地到月球有多少距离？”“说整数，是地球半径的六十倍。”“你们认为空气有多重？”他以为这问题把他们难住了。不料所有的哲学家都告诉他，以同样的体积计算，空气比最轻的水轻九百倍左右，比杜加的黄金轻一千九百倍。土星上的小矮子听了大为惊奇，几乎把这批他一刻钟以前不承认有灵魂的人，当作巫术师。

终于小大人对他们说道：“既然你们对身外之事知道得这么清楚，对身内之事必定知道得更清楚。告诉我，你们的灵魂是什么东西？你们的思想是如何形成的？”那些哲学家和刚才一样同时开口，但每个人都意见不同。最老的一位提到亚里士多德；另外一个提到笛卡尔，这个提到玛勒勃朗希，那个提到莱布尼茨，又有一个提到洛克。亚里士多德派的老学者很有自信地高声说道：“灵魂是一种完美的现实，是使灵魂所以能成为灵魂的原因。这是亚里士多德明白说过的，可以参考他的著作，卢佛版六百三十三页。”学者接着说了两个希腊单词。巨人道：“我不大懂希腊文。”哲学蠹鱼回答：“我也不大懂。”天狼星人道：“那么为什么你要说一句希腊文，引一个叫作亚里士多德的人的话呢？”学者回答：“因为引证我们不了解的东西，就得用我们懂得最少的语言。”

笛卡尔派的学者接着发言道：“灵魂是纯粹的精神，未出娘胎已接受了全部形而上学的观念；出了娘胎，必须进学校，把原来知道得很清楚而以后不知道了的东西重新学过。”那身高八里的动物答道：“你长了胡子倒反愚昧无知，那也用不着你的灵魂在娘胎里那么博学。但是你所谓的精神又是指的什么？”那推理家说：“你问什么？我完全不明白什么叫精神；有人说那不是物质。”“什么叫物质，你至少是明白的了？”“那我清楚得很。比如说，这块石头是灰色的，是某种形状，有三维空间，有重量，可以分割。”天狼星人道：“这个你认为可分的、有重量的、灰色的东西，你能不能告诉我究竟是什么？你看到了一些属性，可是物体本身你认识吗？”哲学家回答：“不认识。”“那么你根本不知道何谓物质。”

小大人招呼另外一个被他放在大拇指上的哲人，问他灵魂是什么东西，做些什么。玛勒勃朗希派的哲学家回答：“我完全不知道。一切都是上帝替我代办的。上帝无所不包，无所不能；一切都归他安排，不用我过问。”天狼星人道：“那还不如没有你这个人。”他又问在场的一个莱布尼茨派学者：“朋友，你呢？你的灵魂是什么东西？”“是一根指着时刻的针，我的肉体敲着钟点；也可以说我的灵魂敲着钟点，我的肉体指着时刻；也可以说我的灵魂是宇宙的镜子，我的肉体是镜子的边缘。这是很明白的。”

一个洛克派的小人物就在近旁；问到他的时候，他说：“我不知道我如何思考；只晓得我的思想是靠我的感官来的。我相信世界上有些无形而聪明的物体；但是说上帝不可能把思想传给物质，那我非常怀疑。我敬重神的威力，我无权加以限制；我什么都不敢肯定，只相信世界上可能的事比大家能想到的更多。”

天狼星上的动物笑了笑，觉得此人的智慧不比别人差；要不是身量的比例相差太大，土星上的矮子竟会拥抱那位洛克派的学者。不幸有个戴方帽子的微生物，打断了全部哲学微生物的话，自称知道整个的秘密，说这秘密就在圣·多玛的《神学要义》之内；他把两位天上的居民从头到脚瞧了瞧，说他们两位，他们的世界，他们的太阳，他们的星球，完全是为了地球上的人而存在的。听了这话，两个旅客不由得扑在彼此身上，笑得上气不接下气。据荷马说，那种狂笑是神明所独有的。他们的肩膀和腹部一上一下地动个不停；这阵抽搐，使那条被天狼星人放在指甲上的船掉落在土星人的一只裤袋里。两人找了半天，终于寻到了船上的乘客，把他们恢复原状。天狼星人把那些小人放在手中，仍旧很和善地跟他们说话，虽然看到无穷小的东西有无穷大的骄傲，不免暗中着恼。他答应为他们写一部精彩的哲学书，特意写得极小，好让他们阅读；在那部书里，他们可以看到万物的终极。他动身之前果然给了他们这部书。船上的人带回巴黎，送交科学院；科学院的秘书打开一看，全是空白。“啊！”他说，“我早料到了。”

（傅雷　译）

科学与文学：世界碰撞之时

佛兰德解剖学家安德雷亚斯·维萨里于 1543 年在著作《人体构造》中革新了人类对人体解剖学的认知，威廉·哈维在 1628 年公布了他发现的血液循环系统，但科学家们的主要兴趣似乎仍集中在天文学、物理学和化学上。18 世纪晚期，科学家们的研究热情传播到了生物学和心理学领域：梅斯梅尔提出了动物磁力理论（被称为梅斯梅尔术，后来被发展为催眠术，并为一整代早期科幻作家提供了灵感）；路易吉·伽伐尼对肌肉和静电进行了实验研究；伊拉斯谟斯·达尔文试图用诗歌体来编写自然史，并预测了进化论的出现，进化论后来被他的孙子详细阐明；拉马克提出了进化理论；马尔萨斯在他的著作《人口论》中公布了他对人口和食物供给的观点；威廉·史密斯在地质年代和化石领域做出了贡献。

《圣经》在造物和地球年龄方面的权威正逐渐被推翻，科学家要制造出人造生命似乎只剩时间问题了。

同时，18 世纪的人们重燃起对哥特风格的兴趣，一种新的文学形式随之出现。哥特风格体现在当时流行的哥特建筑、仿哥特风格的诗歌和史诗上，还体现在对华美、奢靡的文艺作品的审美享受中。在启蒙运动中期（可能也是作为对启蒙运动的一种响应），霍勒斯·沃波尔在他狭小的仿哥特风城堡（名为草莓山庄[1]）中创作了一篇新型长篇小说。这部题为《奥特兰多城堡》的小说是史上第一部哥特小说。小说中，梦魇替代了可能性，小说中包含哥特小说的所有特征性要素：一个年轻女子在一座中世纪城堡中面对危险，城堡中满是暗门、神秘的房间、古老的秘密、幽灵、叮当作响的铠甲，不断升格的危险塑造出恐怖的氛围。《奥特兰多城堡》的后继者包括威廉·贝克福德的《瓦希克》、安·拉德克利夫夫人的《尤道弗之谜》、马修·路易斯的《修道士》。直到今天，哥特小说依然流行。阴暗的大厦和心理学解释取代了城堡和超自然力量，但是同样的气氛和徘徊不去的恐惧感仍然出现在诸多著作中，如亨利·詹姆斯的《螺丝在拧紧》和达芙妮·杜穆里埃的《蝴蝶梦》。在很长一段时间内，哥特小说在书报亭中都单独陈列，辨识度很高：书的封面上有一张惊恐的女子的脸，在她身后矗立着一栋阴暗、不祥的宅院。

这些元素——生物科学的新发现和哥特小说的发明——与电学方面的发现相结合，特别是和亚历山德罗·伏打所发明的电流相结合，一起进入了一位20岁女性的想象之中，启发她创作出一部小说。这部小说就算不是世界上第一部科幻小说（一些学者如此主张），也至少是世界上第一部展示出科幻小说应该是什么样子的小说。这篇小说就是玛丽·雪莱的《弗兰肯斯坦》。

哥特元素和科学确实都在这部小说的创作中起到了作用。玛丽·雪莱是自由主义哲学家兼小说家威廉·戈德温（他自己也创作过一篇哥特小说）与作家兼早期女权主义者玛丽·沃斯通克拉夫特

1. 沃波尔故居，位于伦敦特威肯汉。

的女儿。玛丽·雪莱的父母结婚很晚，玛丽·沃斯通克拉夫特在生下女儿后十天便去世了。1814 年，玛丽·戈德温[1]和父亲的朋友珀西·比希·雪莱[2]私奔至瑞士。雪莱当时已经是一位很有前途的诗人。在生育了两个早夭的孩子、雪莱的第一任妻子自杀之后，两人于 1816 年结婚。

玛丽·雪莱在《弗兰肯斯坦》1831 年版的前言中讲述了这本书的创作历程。一天夜晚，拜伦勋爵、他的朋友波里道利博士[3]和雪莱夫妇在阅读德国鬼怪小说，拜伦认为大家都应该写一篇基于超自然力量的故事。玛丽·雪莱是这些人中唯一一位坚持把故事创作成书的（在雪莱的一再催促下），但是她花了很长时间来寻找主题。后来的一个晚上，拜伦和雪莱在讨论伊拉斯谟斯·达尔文的实验。"在世间万物之中，生命的原理究竟为何？甚至，人们是否有可能发现和认识生命的原理……也许一具尸体可以被复活，电击法已经为此提供了可能性；也许生物的各部分肢体都可以被制造出来，拼在一起，最后被赋予生命的温度。"

玛丽回忆道，那天晚上她梦见了"一位脸色苍白、研究渎圣之事的学者，跪在他拼在一起的那个东西身边。我看到一个可怕的人类死灵躺在那里。随后，在某种强大的机器的帮助下，它显示出了生命的迹象，令人不安、半死半活地微微动起来。"

这部小说以罗伯特·沃尔顿上尉写给他居住在英格兰的妹妹的书信开篇，随后是沃尔顿提供的手稿，来自科学家维克多·弗兰肯斯坦，之后又是沃尔顿的书信。玛丽·雪莱时代的读者们已经从萨缪尔·理查森的小说中熟悉了这种书信体叙事风格，但是现代读者

1. 即玛丽·雪莱，在结婚前随父亲姓氏。
2. 英国浪漫主义诗人、作家、散文家、政治评论家，被认为是英国有史以来最有才华的诗人之一。
3. 英国医生、作家，吸血鬼小说的开创者。

可能会感觉这种风格很奇怪。一些读者只熟悉电影版的《弗兰肯斯坦》，或者只熟悉 1913 年由鲍里斯·卡洛夫[1]出演的电影佳作的后续商业衍生产品，这些读者会很惊讶地发现那只怪物能识文断字，而且生性善良，只是所有人（包括他的创造者）都对他感到惊恐害怕，他这才变坏了。

在科幻史著作《十亿年狂欢》（*Billion Year Spree*，1973）及其增订本《万亿年狂欢》（*Trillion Year Spree*，1986）中，布赖恩·奥尔迪斯[2]（Brian W. Aldiss）陈述了他的看法，他认为科幻小说始于《弗兰肯斯坦》。很明显，玛丽·雪莱的创作意图就是要令人信服地写出新兴科学带来的可能性。1818 年版的前言（尽管是雪莱写的）引用了达尔文和一些德国生理学家的观点，认为复活“不是不可能发生的”，还说“即便是作为一种生理现象不可能发生，小说也为人们的想象提供了新观点，人们在描绘情感之时可以更为全面、站在更高的高度。只通过描写现实中发生过的普通事例是无法做到这一点的”。一位现代科幻作家也无法为自己的作品给出比这更好的解读了。

但是《弗兰肯斯坦》中也有非科幻的元素。奥尔迪斯认为，科幻小说“很明显是源自哥特或后哥特小说的模式”。另外一些批评家认为科幻小说源自更为理性、更具有怀疑主义色彩的模式，而哥特元素是一种外来因素。《弗兰肯斯坦》中的科幻元素类似于中世纪时期常见的不虔诚、罪恶感等要素，这些要素与科学要素相抗衡，最后还取得了胜利。那种“有一些事情是人类不该知道的”的信念在哥特小说和早期科幻小说中很常见，在早期科幻电影中也同样普遍

1. 英国演员，擅长扮演恐怖角色，曾扮演《弗兰肯斯坦》中的怪物。
2. 英国科幻作家，科幻研究者，多次获得雨果奖、星云奖等奖项，被誉为“英国科幻小说教父”。

[约翰·巴克斯特[1]（John Baxter）在《电影院中的科幻小说》（*Science Fiction in the Cinema*，1969）中认为这种思想在科幻电影中和印刷成书的科幻小说中有不同的来源]，尽管如此，这种信念也不符合科幻小说的内核背后蕴藏的哲学思想。

玛丽·雪莱还写了一部长篇小说，小说中，一场席卷全球的瘟疫灭绝了人类，只剩下一个人。《最后一人》（*The Last Man*，1826）的故事发生在21世纪，也许可以被看作第一部关于未来的长篇小说。但就像佚名的作品《乔治六世统治时期：1900年至1925年》（*Reign of King George VI: 1900—1925*，1763）一样，《最后一人》中并没有体现出未来和现时的任何不同。

（赵佳铭　译）

1. 澳大利亚作家、记者、导演。

弗兰肯斯坦（节选）

［英国］玛丽·雪莱

第五章

十一月的一个阴郁夜晚，我见证了自己辛苦劳作的成果。在近乎让我痛苦万状的焦躁不安中，我把生命仪器在身周一一设置好，尝试给脚边的躯体注入生命之火。已经是凌晨一点了，雨滴沉闷地拍打着窗户，蜡烛也即将燃尽；就在那一瞬，借着几乎燃尽的黯淡烛光，我看见那个生物睁开了浑浊昏黄的眼睛。它沉重地呼吸起来，四肢胡乱地抽搐颤抖。

我要如何描述目睹这场灾祸的感受，又该如何描绘这个我费尽心血造出来的可怜虫？他的四肢比例正常，我给他挑选的五官也堪称漂亮。漂亮，我的老天爷！他的黄皮肤恰到好处地包裹着肌肉和血管，他的头发乌黑，顺滑油亮，牙齿如珍珠般洁白。但是，这些美好的细节与他那水肿的双眼加在一起，却形成了骇人的对比。那对眼睛和包裹它们的眼眶一样，都是惨白的颜色。还有他干瘪的脸皮，又黑又直的嘴唇，都令人毛骨悚然。

人生再无常，也比不过人的情感复杂多变。近两年来，我辛苦工作，只为实现这一个目标：给无生命的躯体赋予生命。我不眠不休，不顾健康，被狂热的激情驱使着，渴望着目标的实现。而如今，目标实现了，我的美梦却也破灭了；我看着我的造物，只感到令人窒息的恐怖和憎恶。我再也无法忍受它的外表，逃也似的冲出了工作室，在卧室里久久来回踱步，始终无法让自己平静下来。又过了好久，疲惫取代了先前的焦躁，我瘫倒在床上，衣服都没脱，渴望能寻得片刻安眠，但却是徒劳——我确实睡着了，但一直被噩梦所惊扰。我梦见了伊丽莎白，青春健康的伊丽莎白，走在英戈尔施塔特的街道上。我又惊又喜，上前拥抱了她。可就在我亲吻她的时候，她的嘴唇突然变成了死者的青紫色，她的五官也在发生改变，到最后，我发现我抱着的，是母亲的尸体，被裹尸布缠绕着，蛆虫在法兰绒布料里缓缓蠕动。我从噩梦中惊醒，惊惧万分，额头上满是冷汗。我牙齿打战，四肢不受控制地抽搐。就在那时，昏黄的月光穿过百叶窗的缝隙，借着那光，我看见了他——我亲手创造出来的、可悲的怪物。他掀起床幔，他的眼睛（如果那能被称作眼睛的话）注视着我。他张开嘴，发出一些含糊不清的声音，然后咧开嘴笑了，干瘪的脸上满是皱纹。他可能说了什么话，但我没去听；他伸出一只手，似乎想要抓住我，但我逃跑了，没命似的冲下楼梯。我躲在楼下的院子里，在那儿待了一整晚。我极度焦虑，来回徘徊，耳朵时刻警惕着风吹草动，为每一个声响担惊受怕，生怕是那恶魔般的死人追了上来。我怎么就如此不幸地赋予了他生命呢！

天哪！哪个凡人能忍受那张恐怖的脸？就算是木乃伊活过来，也不能比那可怜虫更丑了。之前没完工的时候，我看着他就已经觉得他丑；当肌肉和关节真正活动起来，他便成了但丁也想象不出的丑陋怪物。

我就这样在痛苦中熬过了后半夜。有时，我的脉搏跳动得太快太猛，以至于我感觉浑身所有血管都在颤动；又有时，我因为疲惫和极度的虚弱，几乎要瘫倒在地上。恐惧之余，我心中满是苦涩的失落：我的梦想完全破灭了，它们曾经是我的精神食粮，长久以来都是我的安居之所，如今却化作了我的地狱；这一转变发生得太快、太彻底了。

黎明终于到来，天气阴冷潮湿。我睁着因一夜无眠而酸痛的眼睛，看见英戈尔施塔特教堂的白色尖顶，塔楼上大钟指向六点。看门人打开了院子的大门。我离开昨夜的避难所，来到街上，步履匆匆，似乎在躲避那只怪物；我担惊受怕，生怕在下个转角，那东西就会出现在视线里。我不敢回我住的公寓。天空阴郁灰暗，大雨倾盆而下，我整个人都湿透了，但还是快步向前，像是被什么驱赶着一样。

就像这样，我走了好一会儿，试图通过体力消耗，来缓解压在我心头的重担。我在街上穿来穿去，完全不知道自己在哪，在做什么。我的心因恐惧剧烈地跳动着；我踉踉跄跄，匆匆忙忙，根本不敢东张西望：

> 好比一人，走在荒径，心怀恐怖，
> 只一次，他偷偷回望，随后
> 继续行路，再不回头。
> 因他知道，有个恐怖魔鬼，
> 紧紧在他身后追逐。[1]

1. 出自柯勒律治的《古舟子咏》。——原注最终，我来到一个小旅馆对面，那儿常常停着各式各样的驿车和马车。不知道出于什么原因，我停下了脚步，在原地站了好一会儿，紧紧盯着一辆从街那边向我驶来的马车。随着它的驶近，我发现那是一辆从瑞士来的驿车。驿车在我面前停了下来，车门打开，我看见了亨利·克莱瓦尔；一看见是我，他就从车里跳了下来，“我亲爱的弗兰肯斯坦！”他大声道，“见到你真是太高兴了！瞧我这运气！一下车就看见你在这儿！”

再没什么能比看见克莱瓦尔更让我高兴的了；他让我一下子想起父亲，想起伊丽莎白，想起在故乡那些我珍爱的景色。我握住他的手，那一瞬间，我忘记了所有的恐惧和不幸，心中洋溢着宁静、安详的愉悦，这份感觉我已经睽违几个月了。于是，我以最热烈的方式欢迎了我的朋友，一同向学院的方向走去。在路上，克莱瓦尔介绍了我们共同朋友的近况，以及他自己是多么的幸运，能到英戈尔施塔特来求学。“你可以想象，”他说，“要说服我父亲——簿记不是一门万能的学问——是多么困难的事儿；事实上，我觉得我最后也没能说服他。我求了他半天，他给我的回应一直像《维克斐牧师传》[1]中的那个荷兰校长一样：‘我不懂希腊文，可我照样每年挣一万个弗罗林，没有希腊文，我照样胃口大开。’不过最后，他喜欢我的程度还是超过了他对学习的厌恶程度，答应了我的请求。我便得以踏上求学之旅，在这知识的海洋中尽情遨游了。”

“见到你我真是别提多高兴了，快告诉我，父亲、弟弟们，还有伊丽莎白，他们还好吗？”

“他们可好了，过得也挺开心，只是你给家里寄信太少，让他们有点儿担心。我还打算替他们说你两句呢，一会儿吧。在这之前，

---

1. 1766 年出版的一本通俗小说，曾长期热销。下面的引文出自该书第二十章。

亲爱的弗兰肯斯坦，”他短暂地停下脚步，仔细打量了一会儿我的脸，接着说道，“你的脸色怎么差成这样？又瘦，又苍白，就像几夜没合眼似的。”

“你猜对咯。我最近忙于手头上的一项工作，没太休息好。不过，我希望，由衷地希望，这事儿就到此为止，我也总算能重获自由。”

我战栗起来，光是想起昨天的事儿，我就难以忍受，更别说提及它了。我加快脚步，很快到达了学院。这时，我突然想起来，那个我留在公寓里的生物可能还在那儿，活蹦乱跳，走来走去——这个念头让我不寒而栗。我害怕看见这个怪物，但我更害怕亨利看到他。因此，我极力恳求他在楼梯口等我几分钟，然后急忙冲向自己的房间。直到手接触到门把，我才恢复了理智，停下了开门的动作，感到一股寒意贯穿周身；我咬咬牙，猛地打开门，就像是假装门后有鬼怪藏匿的孩子一般。可门后什么都没有。我胆战心惊地走进门，发现公寓里也空无一人，卧室里也不再有那丑陋客人的行迹。我简直难以相信，竟会有这等好事！当我最终确定那怪物已经逃离，我竟开心得鼓起掌来，赶紧跑下楼去找克莱瓦尔。

我们上楼走进房间，这时侍者送来了早餐。我难以压抑自己激动的情绪，这种情绪不光是喜悦，我感到肌肉因为过度紧张而抽搐，脉搏还在飞快地跳动。我无法维持片刻的平静；我跳上椅子，用力拍手，大声狂笑。最开始，克莱瓦尔以为我是因为他的到来而欣喜若狂，可当他仔细观察后，却在我眼神里看到一种无法理解的、真正的狂躁。我难以自抑的狂笑让他又惊又怕。

“我亲爱的维克多，”他大声叫道，“看在上帝的分上，这是怎么了？别这样笑，你疯了吗？到底是怎么回事？”

“什么都别问我！”我大声叫道，用手捂住眼睛：我好像看到那可怕的怪物溜进了屋里，“他会把一切告诉你的！噢，救救我！救救我！”在我的幻觉里，那只怪物已经攥住了我；我疯狂地挣扎着，随即昏倒在地。

可怜的克莱瓦尔！他当时做何感想啊？他如此欢欣雀跃地期待的这次会面，竟会如此怪异地落到这般痛苦的境地！可他的悲伤我注定是无法见证了，因为我当时失去了意识，过了好长时间才苏醒过来。

随后我就得了一场神经性热病，好几个月无法动弹。这些时日里，只有亨利照料我。这之后我才知道，他没有把我的病情告诉家人，父亲已经年老力衰，而伊丽莎白得知此事也定会肝肠寸断。他认为没有哪个护士能比他自己更体贴、更周到，也坚信我最终会恢复过来。因此他毫不怀疑自己做了最正确、对家人最好的决定。

但我的病情真的很严重，若不是我这位朋友无时无刻、无微不至的照顾，我恐怕很难恢复过来。我所创造的那个怪物的影子始终在我眼前转悠；在失去意识的时候，我所说的胡话也都和它有关。毫无疑问，我的话语让亨利非常吃惊：最开始，他觉得这只是我意识不清时的呓语，但我的疯话不断重复，让他终于意识到，我的失常是某些不同寻常且恐怖万分的事件造成的。

我恢复得十分缓慢，时好时坏，让我的朋友担惊受怕。但我最终还是恢复了。我还记得，当我终于恢复神志，第一次带着愉快的心情望向窗外的时候，枯叶已经落尽，窗前的树枝生出新芽——美好的春天到来了。季节的变迁有助于我的恢复；快乐、喜悦，这些感情在我的心底复苏，将阴郁的情绪一扫而空。很快，我便像被那致命的热情裹挟之前一般快乐了。

“我亲爱的克莱瓦尔啊，”我大声说道，“真是太好了，你对我真是太好了。这整整一个冬天，你本是要学习的，却全用来在病房里照顾我了。我该怎样做才能报答你？是我造成了这一切，我对此懊悔不已。但你会原谅我的，对不对？”

“只要你不再自寻烦恼，赶紧恢复健康，就足够报答我了。对了，既然你的精神好了，我想跟你谈一件事，行吗？”

我打了个激灵。一件事！会是什么事呢？莫非是那个我想都不敢去想的东西？

“你冷静一下，”克莱瓦尔说，他显然发现我神色的变化，“如果这事儿让你不安，我就不说了。但如果你能抽空给你父亲和堂妹写一封亲笔信的话，他们会非常高兴的。他们完全不知道你生病的事，你这么长时间无声无息，他们肯定很着急了。”

“你要说的就是这事儿吗，亲爱的亨利？我怎么可能不想着他们呢，那可是我最最亲爱的人，也是最值得我爱的人啊！“

“如果你有这个念头，我的朋友，那你一定会很高兴看到这封信的。它已经寄到好几天了，我想是你堂妹寄来的……”

第十章

第二天一整天，我都在山谷里徘徊。我站在一片冰川旁，那是阿尔夫河的源头。冰川从群山之巅往下缓慢地移动，充塞山谷。我的面前横亘着无边的陡峭山壁，头顶悬着冰川结出的冰墙，几棵耷拉的松树散落四周——我身处大自然的宏伟宫殿之中，万籁俱寂，只能听见水浪拍打、巨石坠落、雪崩轰鸣，以及冰层断裂的声音；那些冰层像是自然手中的玩物，在永恒法则的神秘运作之下，时不时地崩塌开裂。看着这些绝美壮丽的景色，我感到极大的欣慰。它们让我摆脱杂念，虽不能完全消弭内心的悲伤，但确实有所舒缓，令我平静。某些程度上，我甚至能暂时忘记那些一个月以来始终困扰着我的事情。夜晚，我沉沉入睡，与白天所见到的那些宏伟瑰丽的景色一同跌入梦境——洁白无瑕的雪山，光芒闪耀的峰顶，郁郁葱葱的松林和荒芜寥落的峡谷，雄鹰在云端展翅翱翔——他们围绕在我的身侧，给我带来内心的宁静。

可第二天早上，当我醒来的时候——那些景致去了哪里？它们和梦境一同消散了，我的心重新被忧郁的迷雾所笼罩。屋外大雨倾盆，水雾缭绕，巍峨的山峦掩藏在雾气之中，看不清晰。但我决心冲破迷雾，去到云端找寻它们的身影。狂风骤雨又有何惧？骡子已经在门口等候，我决心要攀登蒙坦弗特峰。我还记得第一次看到那硕大无朋、缓慢移动的冰川时，内心的那份触动。那景色教我欣喜若狂，我的灵魂仿佛生出了翅膀，得以从这混沌世界飞向极乐与光明。大自然的庄严和壮美总是让我肃然起敬，让我忘记过往生活中的忧虑。我决心独自前往，不带向导，因为我对路途已经很熟悉了，而且有别人在场，只会破坏这静谧庄严的美景。

上山的路很是陡峭，连续的短弯道循着山体不断攀升，让人得以登上近乎垂直的峭壁。周围景色十分荒凉，雪崩的迹象随处可见：树木被压折，倒伏在地上，有的被连根拔起，有的歪歪斜斜地倚靠着山石，或是压住别的树。循着路向上攀登，积雪开始堵塞道路，不断有山石循着路滚落下来。这些山石极其危险，任何声响，哪怕只是高声说话，产生的扰动也足以给说话者带来灭顶之灾。这里的松树长得不高，也不繁盛，但颜色暗沉，给这儿的景色增添了几分肃穆的气氛。我俯瞰山谷，河流穿行于其间，大片的雾气从中升腾起来，编成水汽织就的花环，将对向的群山遮掩起来，山顶在云雾之中藏得严严实实。阴沉的天空正下着大雨，进一步增添了周遭的阴郁气氛。哎！人类总是吹嘘自己比其他野兽拥有更丰富的感情，但这些感情有什么用呢？如果我们也只想着吃饱喝足，囿于生理欲望，我们或许会更加自由。而现如今，随便刮过的一阵风，听到的一句话或者看到的一个景色，都会让我们心旌摇曳，无法平静。

我们休憩；一晌碎梦便可扰我安歇。
我们起身；一瞬游思便可污我清明。
我们感受，思考，判断；或哭或笑，
沉湎于悲伤，或是将忧虑摈弃，
都是一样的；因为，喜悦也好，悲伤也罢，
它离去的路途总是畅通无阻。
我们的明日再不像昨天，
万物皆为短暂，唯有无常永恒。[1]

上到山顶时，已经是中午了。我在一块岩石上坐了一会儿，下方是大片的冰原。在迷雾的笼罩下，冰原也好，周遭的山峦也好，都变得模糊不清。这时，一阵微风吹散了迷雾，我于是下到冰原上。凹凸起伏的冰面，像是海上的波涛一般，先向上隆起，又逐渐下倾，中间点缀着许多沟壑，深不见底。冰原的宽度不到三英里，而我却花了近两个小时才到达另一边。对面的山光秃秃的，岩壁近乎垂直。蒙坦弗特山就在我正对面，三英里远的地方。在它的上方，庄严巍峨的勃朗峰高高矗立。我站在山岩的凹陷处，长久地凝望着这壮观的美景。巨大的冰川在群山之间蜿蜒逶迤，在其低洼处，山峰拔地而起，直入云霄。它们冰雪覆盖、闪闪发光的峰顶，刺穿云层，在阳光的照耀下熠熠生辉。看到这样的景象，我原本悲伤的心情一时间充盈着喜悦。我不禁大声喊道："游荡的精魂啊！若你们真是自由

1. 出自雪莱的《无常》。

的，不被狭窄的床榻所束缚，那就也赋予我这渺小的快乐，带我走吧！让我成为你们的伴侣，远离生命的快乐吧！”

就在这时，我突然看到远处有个人影，正以超人的速度向我奔来。他步履轻盈，那些我先前小心翼翼迈过的裂隙，他都一跃而过。当他靠近一些，我发现他的身形远超常人。我恐慌起来，眼前发黑，一阵头晕目眩，但山间的寒风很快让我清醒过来。那个巨大、令人憎恶的身形离我越来越近，让我确认了那就是我所创造的怪物。愤怒和恐惧让我浑身颤抖，但我下定决心，等他靠近，便同他肉搏，决一死战。随着他走近，我看见他的神情，幽怨痛苦，混杂着鄙夷和恶毒，让他原本就无比丑陋的脸看起来更加骇人。但我对此全不在意；愤怒和憎恨让我一时失语，等到我缓过劲儿来，便将满腔的愤慨和轻蔑化作言语，倾泻到他身上。

“魔鬼！”我大声吼道，“你竟还敢靠近我？你难道不怕我打烂你这张可悲的脸？给我滚，肮脏的臭虫！不，你不如待在这儿，好让我把你碾成灰土！然后，噢，然后我就能彻底消灭你这可悲的存在，好让那些被你用恶魔般手段杀害的受害者复活！”

“我料想到你会有这样的反应，”那个恶魔说道，“每个人都憎恨丑恶之人，而我便是一切生灵中最丑恶的那个，我理所应当受到他人的憎恨。可是你！你是我的创造者，竟也如此憎恶我、鄙夷我。我是你创造出来的生命啊！我们之间有着强烈的纽带，除非我们中有一人死掉，不然这根纽带不会断开。你想要杀了我，可你怎敢如此玩弄生命？履行你对我应尽的职责，我便会放过你，以及剩下的所有人。如果你能答应我的条件，我就保证你和其他人都平安无事。但如果你拒绝，那我就要请死神来开怀痛饮，直到它喝饱你剩下亲朋的鲜血！”

“该死的怪物！残忍的魔鬼！你的罪行如此深重，哪怕坠入地狱，也不足以偿还你的罪孽。可憎的恶魔！我创造了你，你竟因此责难我？那就来吧！我不慎将生命之火注入你的躯体，让我有机会扑灭它吧！”

我怒不可遏，向他冲了过去，只想跟他拼个你死我活。

他轻松地闪到一旁，说道：

“镇定！在你发泄怒火之前，我恳请你先把我的话听完。难道我受的苦难还不够多吗？你还要增加我的苦难？生命或许只是苦难的累积，但对我而言仍旧是珍贵之物，我会为之抗争。别忘了，你把我造得强壮有力，比你自己强壮得多，我比你高，关节也更灵活。但我不想跟你作对，我是你的造物，我乐意温驯地服从我天然的上主和君王，但你必须履行你对我所负有的义务。啊，弗兰肯斯坦！你不该对待其他人公平公正，唯独无视我的需求和感情。而我本来最应当得到你的公正，甚至慈悲和关爱！别忘了，我是你的造物！我本应是你的亚当，可现在，我却像是堕落的天使，被无端剥夺了快乐的权利。我看到四处都充溢着幸福，却只有我一个人被排除在外。可我的本性也是良善的，是苦难让我变成了魔鬼。请让我快乐起来吧，我定会改头换面的！”

“滚开！我才不会听你的鬼话。我们之间不会有任何妥协，你是我不共戴天的仇敌！滚！或者我们来打一场，拼个你死我活！”

“我要如何才能说服你？我这般苦苦哀求，也不能换来你一丝善意吗？我是你的造物啊，我恳求你，发发善心，怜悯我吧！相信我，弗兰肯斯坦：我本性善良，我的灵魂也曾闪耀着爱与人性的光辉。但我太孤独了，孤独得太苦了！就连你，我的创造者，都对我这般厌恶，我怎么可能从你的同类那里获得同情？他们又不欠我什么。他们只会唾弃我，憎恶我。现如今，我栖身于这荒芜的山峦和苦寒的冰川之间，终日徘徊游荡。我住在这些冰窟窿里，这是我唯一不感到害怕的地方，也是你们人类唯一愿意施舍与我的地方。我向那阴沉的天空致意，它比你们人类对我更好。如果人类知道我的存在，他们也会做出像你一样的反应，还会全副武装地来将我毁灭。我难道不该憎恨那些恨我之人吗？我不会跟敌人友好相处。我既然如此悲惨，他们也要付出相应的代价。但是，你可以补偿我。我会成为你一个人的恶魔，如此你便可以拯救你的家人、朋友，以及千千万万的其他人，他们将不会成为恶魔暴虐的牺牲品。动动恻隐之心吧，不要再鄙夷我了。听听我的故事，听完了以后，你是想离我而去，还是对我加以同情，便全由你的判断。听听我的话吧。根据人类的法律，即便是血债累累的罪犯，在被判刑之前，也有权为自己申诉。听我说说吧，弗兰肯斯坦。你指控我犯下谋杀的罪行，无非是想要问心无愧地毁掉你自己的造物。噢，赞美人类永恒的公正！我并非在求你宽恕我，我只想让你听我说话，仅此而已。在这之后，如果你可以，如果你还有这样的意图，便用你的双手毁灭你的作品吧。”

“为什么非要让我想起来？”我回答道，“想起那些让我浑身发抖的事情？让我回忆起我就是这一切不幸的根源，是始作俑者？我诅咒那一天，可恶的恶魔，我诅咒那个你第一次看到光明的日子！我诅咒我自己，诅咒这双创造了你的双手！是你让我陷入到这无以言表的悲惨境地里，而我已经无力去思考自己对你公正与否了。走吧！减轻我的痛苦！不要让我再看到你这可怖的嘴脸！”

“我这就减轻你的痛苦，我的创造者。”他说道，用他可怖的双手捂住我的眼睛，我奋力拨开了它们。“这样一来，你就看不到我丑恶的外表了，”他说道，“但你还能听到我的声音，或许还能给我以同情。我求你同情我，念在我曾有的美德的分上。听听我的故事吧，它冗长离奇。这里太冷了，我怕你纤细的感官经受不住。去山上的棚屋吧。当下，太阳还高挂着，当它落下、藏匿于雪山的彼端、照亮另一个世界时，你就能听完我的故事，然后做出抉择。是让我永远再不接触人类，去过与世无争的生活，还是成为你们人类的噩梦灾星，加速你们自身的毁灭，都由你说了算。”

说完这话，他便在前面引路，领着我跨越冰川。我跟在他身后，心中思绪万千。最初，我没有回话，但在前行的路上，我思考着他的辩词，决定至少听一听他的故事。一方面是出于好奇，另一方面怜悯之心也在促使我做出这个决定。我一直以来都认定他为杀害兄弟的凶手，因此，我想从他的故事中找到证据，去证实或是推翻这个假定。我也第一次理解到，作为造物者，我担负着怎样的责任：在将我的造物认作是“邪恶”之前，我应当让他体会快乐。我最终答应了他的请求，跨越了冰川，爬上对面的岩石。空气中泛着寒意，又开始下起雨来。我们走进棚屋，那恶魔看起来颇为得意，而我则心情沉重，情绪低落。但我决定听他的故事。可憎的同伴生起了火，我靠着火堆坐下。就此，他开始了讲述……

（李文皓　译）